Chinese Poetry

2018 • 3

Chinese 汉诗 Poetry

父亲扛着梯子从集市上穿过

主编 张执浩

長江出版傳媒 长江文艺出版社

名誉主编　邓一光
主　　编　张执浩
主编助理　林东林
编　　辑　小　引
　　　　　艾　先
编　　务　万启静
艺术总监　川　上
美术设计　杜　娟
封面设计　祁泽娟

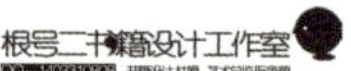

法律顾问
金　岩（湖北今天律师事务所）

编 者 的 话

“大多数人之所以不理睬大多数诗，是因为大多数诗不理睬大多数人。”按照伊格尔顿绕口令似的说法，诗歌走到如今这种境地，原因固然是多方面的，但有一点是毋庸置疑的，即，现代人已经逐渐丧失了对现代诗歌的细读热情，或者说，找不到进入诗歌的内部通道。“鬼打墙”似的写作在眼下如此普遍，它在不断消耗诗人自身肌体的同时，也难以得到外部生命的有效滋养。诗歌作为人性中最具有活力的那一部分元素——热情——即将消逝殆尽，丧失了召唤的力量，也失去了让人亲近或亲近人的愿望。在这样的处境下，写作已经偏离了我们的初衷，写作者也渐渐与表演者无异。但我始终相信，诗歌仍然是一种“永在”的艺术，诗人终其一生仍然是那个用血肉之躯穿越重重迷障、阻遏，最终抵达诗并加以指认的人。惟其如此，才能凸显出诗人存在的价值与真义。

有效的写作将努力廓清我们与时代 / 生活之间关系，并将某种“无能的力量”灌注其中，以此重建人活于世的无奈感与信任感。有效的诗歌也将在这种悯人与自明中充满洞见的力量，让无望者陡增生活的信念，让有望的人怀着谦卑更加小心地走过人境。

而实现这一切，终究需要我们相互提醒：慢一点。因为，慢才是一切美诞生的前提。

Open Page

开卷诗人

Selection

诗选本

Poets Geography

诗歌地理

本期图片由林东林摄

开卷

Open Page

诗人

朱庆和 作品

臧海英 作品

朱庆和

ZHU QINGHE

作

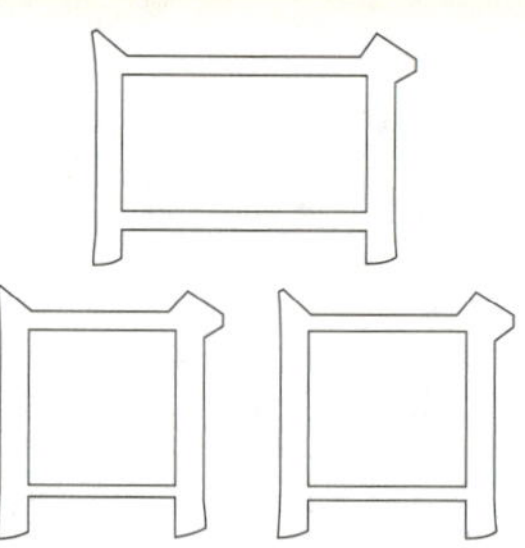

推荐语

朱庆和的诗展现了一位优秀诗人对日常生活深刻的洞见力，于波澜不惊中呈示出生活所蕴含的巨大的精神张力。平和的语调，从容的叙述风格，恪守正道的抒情风范，在用肉身丈量和穿越的人世间充分显示出了某种豁达的人生准则。

（张执浩）

我偏爱所有与生活亲密接洽的诗。草垛、梯子、竹笋、父亲以及那些隐秘的，并不为外人所知的体验。在一首诗中展示它们，其实是困难的事情。有点像朱庆和在诗中描述的那样，追赶一只兔子，它跑着跑着就突然不见了。朱庆和的诗正是企图在这最难做的地方施展拳脚，“我们谈论着天气和收成/春光中飘荡着/谦和的臭”,这是一个诗人对生活最大的尊重，同时我们也可以看见，一个优秀的诗人，必定具备了多面性——他是强力的，同时他也是温柔的。

（小引）

读朱庆和的诗突然想起了王阳明格竹子的故事，虽然跟格物致知没什么关系，但是有点格物致诗的意思。诗人以身边事物为“竹”，以一个冷静客观的角度去观察，直到那些事物的某个或某些点恍惚起来，就产生了诗。这是一种成熟而且有效的写作方式，诗人本身的认知被隐藏在客观的描叙后面，从而具有了强大的张力。用跟生活保持距离的方式来跟眼前的生活勾兑，在此过程中，属于朱庆和的诗就诞生了。

（艾先）

忧伤不值半文钱

我走了很远的路
从残破的城门穿过
在一个富贵人家
兜售我的经历和见闻
主人的女儿
坐在树下喂猫
身边的丫鬟是我妹妹
她已不认识我
夜晚我睡在城外的草垛里
怀抱星空

父亲扛着梯子从集市上穿过

扛着梯子的父亲
要穿过集市
中山装敞开着
小腿肚子上的毛沾着泥巴
熟人见了打声招呼
并热情地把烟夹到他耳朵上
准备出粪用的铁锨
挂在梯子的后面
刚买的地瓜苗挂在前面
今天要下到地里
肩膀上的梯子是要苫屋用的
夏天母亲将不会再抱怨
人越来越多
父亲扛着梯子艰难地行进
引起了人们的不满
有人提议父亲把梯子竖起来
顺便爬上去
看看天上的风景

而有人则叫他把梯子举过头顶
让火车在上面飞跑
他们嘲笑着父亲
小偷却趁机偷走了铁锹头
接着又顺跑了地瓜苗
甚至还替父亲把梯子扛着
顺手取下他耳朵上的烟自己点上了
一动不动的父亲
扛着一架虚无的梯子
像电影胶片一样
定格在拥挤的人流中

下雪那天，我们干了些什么

我们先是在雪地上奔跑
为了追赶一只野兔
到了湖边
野兔却突然不见了
黑色的湖面
白色的雪地
身后是我们凌乱的脚印
也许野兔逃到了湖里
也许它成了一条鱼
后来我们在一间茅屋里烤火
大家围成一圈
聊了很多的事情
火苗映红了我们的脸
不知是谁说了声
“自卑不是天生的……”
我们一直在添着柴火
可谁也没出去看看
外面的雪下得有多厚

下山

我喜欢一个人爬山
从后山上
昨夜的雨化为山泉
蚯蚓一样
脚下的枯叶
犹如往事
被踩得嗞嗞响
下山的时候
有几个村民拦住我
看有没有
偷山上的竹笋
我身上空无一物
他们不知道
我就是山中的竹子
已悠然下山去

春光

从屋里出来，我
常常到田间去
前妻曾叫我娶一个乡下老婆
朴实的健壮的
可少女们都去了外乡
我只好跟母狗调情
几个农民正用粪汤浇菜
我看不到他们的苦
就像他们看不到我的苦一样
我们谈论着天气和收成
春光中飘荡着
谦和的臭

入夜

其实一切都不像你诗歌中咏唱的那样
房子没有生出翅膀
种子也自然没有跳出来说话
只是兄弟们身上的知识
坚决地从田地里剔除了出去
就像一颗石子被扔出好远
妻子的乳房让沾着泥巴的孩子拽得很长
为什么不把他们赶到干瘪的稻壳里去
兄弟们啊，其实最危险的是劳动之后的心情
怀着喜悦，也怀着愤恨
即使入夜，即使周围的一切都安静下来

草坪

杂草不应原谅
连同它们疯狂的本性
一起拔除
但杂草不区别于
农田或树林
杂草仅仅
区别于一块草坪
分辨草与草
之间的毒害
然后连根拔除
让草坪更像草坪
更适于观赏

我们曾经如此贫穷

父母在水田里插秧
孩子捉了蚂蟥放在腿上

故意让它吸血
他的身体干瘪如稻壳

看到有汽车驶来
就兴奋地一路追赶
尾随着，鼻子贪婪地吸食
他觉得尾气太好闻了

即使再多的告诫也不听
那时真的是很穷啊
就连有毒的东西
都那么稀有

再见，我的小板凳

惜惜学会了说“再见”
跟兔子玩完
说一声“兔兔，再见”

路过游乐场
她曾在那里玩耍
说一声“摩尔，再见”

吃过晚饭，抹抹嘴
她说“小板凳，再见”
临睡前，她也会

跟夜晚说再见
然后返回她的星球
第二天早上回来

在朋友们中间

开始是几个人
一起说笑，喝茶
后来分散各处的朋友都来了
只是出现在谈话里
他们的目光
安然如街边的树丛
远方的经历多么奇妙啊
就像不屈的灯光
打在脸上
你一直在倾听并深陷其中
那积郁已久的心事
已悄然化为无形

通往坟地的路

漆黑的夜色
引领着你
路上的荒草
被你劈开
又是那酗酒的丈夫
和一堆饿疯了的孩子
把你压垮了
你的哭声
引得树上的知了不耐烦
坟里是空的
你爹娘不在里面
就像今晚的月亮没出来
照亮它所眷顾的人
稻田里的青蛙
也应和着
没有穷苦的人
只有穷苦的心

橘树的荣耀

不知不觉
我们已来到一片坡地上
这是你家的橘树地
虽然看不到橘树
却仍然感觉到累累的果实
垂挂于心
谈话仍继续并在橘树间闪烁
比如这橘树
只有长出果子来
才让人放心
这是它的荣耀
顺手摘了一个橘子
在手里凉凉的
你怎么知道果实里没有愤怒
剥开来，橘子的清香
在黑暗中弥漫
当然有，但最终会消隐
颓败的结局谁也不能避免
就像眼前的夜
你我都要消失其中
但现在可以当做一杯酒
让我们慢慢啜饮

夜读的水鸟

午夜，我踱步
到村后的池塘
那是在读书疲倦时
芦苇丛中的水鸟
用尖嘴叩击水面
就像我叩击纸张上的文字
但是一天之中

根本读不了多少
母亲常常这样说我
带了一箩筐的书
看你什么时候读完
我也发愁，秋天快到了
难道只想
收获一箩筐的荒芜

慢

昨天下午
先是碰到老李开着车
从总统府边上的巷子拐出来
“这是要去哪儿，
慢一点啊！”
接着又看到了
刚去高家酒馆上班的老刘
在兰园七楼
老韩正在跟文字作斗争
经过和平公园
老方打坐等着退休
沿着城墙走
恰逢老顾在玄武湖散步
屁股后面插着报纸
像他脱毛的翅膀
平时太忙了
没机会与你们相见
这次一路走来
跟你们打声招呼
并请传授我经验
“一定要慢啊！”
要目光柔和的慢
要步履从容的慢
像孕妇一样骄傲
像天空一样充盈

桂花树

有一年，我在
一个叫武学园的地方住下来
院子里有棵桂花树
妻子说，等到秋天桂花就开了

每天下午我去幼儿园接孩子
然后等妻子下班
晚饭后在附近走一走
秋天没到，我们却搬离了那地方

至今，桂花树的香气
还一直在我脑子里

夜晚是斑马身上的黑色条纹

你说，夜晚是一个放荡的妓女
你曾在她身上肆意挥霍

你说，夜晚是一条腐臭的河流
你曾无奈地漂泊其上

你说，夜晚是一位慈爱的母亲
你偎依在她怀里大声哭泣

你从不说，夜晚是斑马身上的黑色条纹
你害怕斑马从体内冲出来

消失在草原上

一块麦地，一片鱼塘

我拥有一块麦地，一片鱼塘
我是那样地忠实于劳动
但生长的季节
总有我所不了解的秘密
麦子和鱼群
它们的成长让我心有余悸
一场暴风雨似乎在期待中而来
代替我割倒成熟的麦子
田鼠们逃到了高地上叹息
拿什么来维持生计
随之而来的洪水捕获了快乐的鱼群
偷鱼贼们也站在岸边伤心
拿什么来维持生计
我的新娘呢
就连我的新娘也被从田间劫掠而去
大地已清扫得干干净净
只有富饶的阳光在安慰我
飘浮的云块就是我那被卷走的麦地
夜晚的星星就是我那散落的鱼群
它们，连同我的新娘
已成为天上的子民

白日是波浪，夜晚是岩石

年轻时候
我时常坐在操场边
想一些心事
那时真可笑，是吗
但是现在
就不可笑吗
我的目光还那样
大而无当

譬如想念一个人
我还是喜欢
翻出往日的照片
瞧来瞧去
身上犹疑的东西
改变了多少呢
而且还越来越失眠
真是难以预料
白日是波浪
夜晚是岩石
我来到岩石内部
点燃一支烟
倾听波浪拍打的声音
一直到天亮

田园

我的田园是这般荒凉
雾霭上升于地面
逡巡在田园的周围
像厮守恋人那样
我站在田园上

我的田园必归之于
群山，或下陷为一段河床
我安然伫立
如一位轻薄女子
受孕在秋日的午后

在桥头

几个老人
在桥头闲坐着

说着比石头还要老的话
也有路人从桥上经过
停下来
看着桥下
想着河水才知道的心事
卖旧鞋的人出摊了
据说里面有死人的鞋子
买的人也不介意
直接穿在脚上
要把死者没走完的路
继续走下去
喝酒的女人坐在桥栏上
半露着乳房
等着流浪的外乡人
来问路
并爱上她

家乡

你真不应该回来
虽然你的技艺没话说
可这里的人们
几乎都把你忘记
你不符合他们的想象
你的样子
甚至玷污了家乡的凄凉
你还是走吧
走到哪儿算哪儿
走不动了
就在那儿死去

快

我见过最快的人
在地铁关门的一刹那
那人“噌”地
就上来了
但是很遗憾
他的尾巴还是给门夹掉了
不过，没关系
第二天早上还会长出来

石头

对不起，母亲
人生过半我才明白
我们欣喜播下去种子
收获的却是石头
你被疾病抽空了的身体
装满了石头
困乏潦倒的兄弟
吞咽的依然是石头
我绝望而流不出泪的眼睛
也成了石头
就连这世人的心啊
都是石头
冰冷隔绝着冰冷
邪恶洞穿着邪恶

周末爬山

城市边上当然要有座山
这是难能可贵的
周末纷纷放下手头的事情

相约去爬山
保持身体健康，是最根本的
气候适宜，阳光明媚
出一身臭汗
把体内的浊气都排出来
下了山冲个澡再惬意不过，然后
作恶的继续作恶
淫乱的继续淫乱
这几乎成了一种仪式
所以一到周末，就看见
越来越多的蛆朝山上涌

月食

他为人猥琐，甚至
有些卑劣
他可能觉得
我也是这样的人
我们很少搭话
今晚看他在院子里
架起了三脚架
在拍天上的月食
当然我也拍了
用的是手机
我们谈了谈月食
甚至还饶有兴致地探讨了
宇宙的奥秘

乡村

雨后的村庄显得更轻也更善良
通向田间的小径同时通向了天堂
一家人从屋檐底下走出来

孩子们就像父亲手中的稻穗
稻粒上的雨水不时滴到了他身上
地上的蚂蚁比雨前更为忙碌
父亲对孩子们说了些什么
它们不去关心，这不是它们的事情
黑骑士们只是一边奔走
一边唱着古老的谣曲
“人间的收成一半属于勤劳，
一半属于爱情。”
村里漂亮的蝴蝶已经穿着裙子
在田间飞来又飞去
河里的鱼群也都跳上了岸边
它们更喜欢岸上的生活
可父亲还在那里固执地说下去
“我什么也不能留给你们，
也无法留给你们。”
不走运的父亲就这样一直鞭打着
用话语一直鞭打着他的孩子
人们看见古怪的一家人朝稻田里走
通向田间的小径同时通向了天堂
雨后的村庄显得更轻也更善良

喝吧，酒鬼

后来我们坐到了街边
我想起远方的母亲
你说了那么多，我只记得一句
“二十岁的道理，
不能用在三十岁的头上。”
还说我呢，瞧你四十岁的身体
已经松松垮垮，停滞不前
妻子不再管束你
女儿过了这个夏天就十七了
到了恋爱的季节

你抱着酒瓶说，哥们
想追你就去追吧！
我想起了远方的母亲
我说，她总担心我
不知哪一天会醉死在街上
你说那样该有多好，该有多好

这一刻我看见……

傍晚总在不远处徘徊
孩子们还在田埂上奔跑
矫捷的小动物已经出动了
谁也不介意，大家都是朋友

当背景变得模糊起来
劳作的人们渐渐被黑暗收容
几块更浓的黑暗在田间移动
熟悉的夜晚就是自家的门口
但你们的喜悦仅留在门槛以外

希望和荣辱
仍然是家族中最古老的成员
如果你们忠实于善良
你们就仅仅属于你们的善良

死去的亲人并没有远走
而是和夜晚待在一起
就像落在地面上的果实
悄然返回到枝头
相爱的人们，你们可曾看见

作品

臧海英

ZANG HAIYING

推荐语

臧海英的诗，让我看见了当代女诗人的某种可能性——在抛开了纤细和敏感之外，还可以在复杂和多变上行进得更深更远。当然，要解决这个难题，并非只是在素材和技法上圆满，更多的，其实是在某种类似哲思的向度上去探索。就像诗人自己在诗中表述的那样，“我走向甜蜜的反面，结果的对面”，我并不能用某种标准性的话语来评判它的好坏，但是我很清晰也感受到了，臧海英企图挖掘的内心深度。写作是一件总是伴随着失败的事情，“我往失败者一边/站了站”，她这么想，我也这么想。

（小引）

在臧海英的诗歌中不难看出一些他人的影子，同时也看到她对摆脱他人的影子所做的努力，而且不难看出她所做出的努力是有效的。她对语言以及描叙对象的感觉是很敏锐的，对事物的观察也有自己的独到之处，作为诗人这是非常难得的天赋。她所面临的问题不过是如何能最大限度地将这种天赋兑现，如何以自己的方式自己的节奏将自我表达出来。所幸她是清醒的，而且正在做出改变，因为年轻，所以值得期待。

（艾先）

臧海英的诗凸显出与生活紧张的对峙关系，这是一位恪守着内心律令的诗人对现实世界现世生活的真切回应，于决绝之中发出的声音近乎呼救之声，但同时也呼应了我们的心跳。在当代女性诗人尤其是年轻一拨女性诗人，集体转向于个人内心世界书写的背景下，臧海英的写作硬朗而嶙峋，显然是非常醒目的。

（张执浩）

疑问

从什么时候
我只是吃饱，不能满足食欲
我只是活着，并不快乐
我写作，又删掉
我枯乏的舌头
人间无数，没有一样是它喜欢的
我不知道是我的问题
还是世界的问题

时间差

杨安镇博物馆墙上的钟表
分别显示北京时间、伦敦时间、巴黎时间和纽约时间
我愣了一下
不知该认领哪个时间

一条河流经两个国家，分别命名
同一事物的一面与另一面，各自为政
一个恶棍
也对自己的女儿温柔以待……

走出博物馆时，天空朗阔
人们还在讨论，两种辣味之间的细微差别
没有人注意
我的时间
已偏离他们的时间

托孤

飞机在天上飞
它投射在人间的影子

也贴着山川飞行
透过舷窗，我望着它
犹如一次托孤。我说
“就让它再多飞行一会儿！”
它果然缓缓而行
像我留在世上的一个念想
直到遇到一面大湖
它一头扎进了湖水里

少数人

……真是难得啊，索道下
有人在攀爬
电梯旁
也留有一条楼梯
一个声音，离开了合唱团

我至今没有成为他们
就像今天中午
我来到楼梯间
我也只是站了站
就出来了

救援

地震频发的生活现场
我得不到救援
就在梦里，化身志愿者
自救的过程，艰难又不可思议
令我绝望的是：走不出梦境
施救与被救，就不会成立
在它们之间铺设道路，我的心力
一点点丧失。但没到最后一刻

我不打算放弃
没到最后一刻，寻找与等待
就会在白天和夜晚
一直持续下去
——我走在梦中救援的途中
我也坐在现实的石头上

风中

清风拂面，风掀起衣衫
我在风中喊自己的名字
与一个风中狂奔的人，做爱
其中一次
我把身体交给一阵风
灵魂则交给了另一阵风。我说
请让我重新找到他们

在乐陵百枣园

一座甜蜜加工厂
每一棵树，都是一个甜蜜制造器
每个来到这的人，都是一个甜食爱好者
甜腻的空气中
我已经厌倦了蜂拥而至的方向
对幸福也失去了兴趣
跟着一颗掉落的青枣
我走向甜蜜的反面，结果的对面

陆地动物

如临深渊啊
乘飞机去漠河，在杭州坐船

我头晕，恶心……
我的肉身，如此反对我的心

回到地面，浑身轻松
我只好死心塌地
做一只受限于四肢和地面的陆地动物

而最近，腰椎间盘突出
让我不能远行
我受限于一块小小的病变组织
躺在床上，终日思考着
一棵稻草，是怎样从喂养我的那棵
变成了压倒我的那棵

界限

一个人死去很久
耳朵里，还响着他说话的声音
一个死去的人，也会推门进来
或从书页中坐起身
我与他们越来越亲密
生与死的界限，从来就模糊不清
走在人群里，哪些人已死，哪些人还活着
我不想确定
更不会非此即彼

发声学

我听出鸟鸣中特别的一个

它是怎么做到的
神秘的天赋？
多年的练习？

一只鸟始终在飞
在找自己的声音

也是离开同类的一个

整个清晨，我都想找出这一只
在众多的声音中
努力发出属于我的

雪落在……

我梦见自己是一粒雪片
俯下身——
废弃的石磨
白杨的枯枝
穷人的屋顶
母亲的坟
……

我爱无用的，比有用的更多
我相信死去的，仍旧活着
我往失败者一边
站了站

写下的部分

——无不在展示我的匮乏
也成为我反对自己的证据

作为一种羞辱
它们保留下来

现在，在隔壁房间
我没有再让人读到它们的愿望了

可我还是在写
我只能这样认为
“我知道了自己的有限
还在自不量力……”

我能不能这样认为
我写下的，并且还在写
只为了一首诗的出现
一首不可能之诗

离开

离开我的事物
都或多或少，带走了一部分我
刚刚脱下的长裙
也还保留着我部分身形
风正摇晃它。它的不安
也包括了我的
而它突然掉落，令我猝不及防
我有虚脱之感，离去之悲

野外

父亲着迷于一块田
我着迷于田边一块荒地
父亲在田里除草，杀虫
我惊喜于
乱草中，一只瓢虫在产卵
在荒地和田地之间
我相信，一定有解决不了的矛盾
劳作之余，父亲觑觎着荒地
一个被饥饿吓坏的人
他一生的愿望

“所有的荒地，都种上粮食”
我也常常在扑蝶中，停下来
幻想着，周围的田地
重新荒芜

名字

我喜欢大庸，胜于张家界
喜欢王村，胜于芙蓉镇
喜欢刘代福，胜于刘年

那天，我们
从张家界到了刘年的芙蓉镇
其实也就是
从大庸到刘代福的王村

我相信，最初命名他们的人
一定像我的父亲，在我的出生之日
怀着欣喜
命名我为：臧海英

刘代福说
叫王村的时候，酉水还是活的
放排，一天就能到洞庭湖

返古

穿过李之仪公园
我们去喝酒
喝醉了
原路返回

去时，我们满脸现代人的焦虑、恐惧
一副不堪重负的样子

回来时，却发现天地交换
月亮在水里
我们都不认识自己了
一个个身轻如燕
变成了放浪形骸的古人
在湖边作诗

我们打算明天晚上再去一次

暂居德州

今晚，他们说起
佩索阿的里斯本、卡夫卡的布拉格、乔伊斯的都柏林
以及那些没有祖国和故乡的人
“暂居德州”
我如此介绍自己

我也曾暂居宁津，暂居昌平，暂居北村
我如此说起我的经历

当然，也可以换成
暂居人世
我如此描述我的处境
人的处境

深夜颂

寂静送来风吹树干的声音
送来一声声蛙鸣
最后送来琴声
寂静一层层送上来
寂静从来不是寂静本身
我的心上，因此多出一棵树
多出几百只青蛙

也多出一把琴
从而多出一片树林、一条河流
和一个风中拉琴的人
寂静真慷慨啊
我的身体住进来
一座庞大的演奏厅

日常往返录

在窘迫的空间里
倾泻或沉思
我需要这样一个地方

每次从无窗的卫生间出来，我都感觉
世界比之前明亮了一些

平静

尝尽百味的人与没有味觉的人
一左一右，走在我身边
相似的平静。不同的是
没有味觉的人，是一种无聊的绝望之人的平静
尝尽百味的人，是历经狂喜后的绝望之人的平静
我爱这复杂
这惊心动魄

黑暗中

深夜，我们摸黑谈起虚空
我手脚有点凉
谈起写作，也是一把双刃剑
我已伤到自己
谈到放弃

我起身站在黑暗中

哦，不写已不可能
不写
我还能做什么
“一个失败者
要更好地失败下去”
我对自己说

整夜，我都在寻找开关

在张家界

走在张家界的深山里
我觉得我失踪了
随便哪一座山峰，都可能藏匿着我
别人找不到我了
生活的乱事，也被山峰挡在了外面
我想，我终于能天天写诗，看云……
但儿子发来短信，说想我了
瞬间让我返回了人间

生日诗

今天发现，白发又多了
像是提前来到自己的老年
让我激动不已的是：我中年的脸刚起皱
我少女的乳房，还在发育

颤抖

我的爱已经不多了
这少数的爱，让我颤抖

我的时间已经不多了
这有限的时间，同样让我颤抖
我的颤抖已经不多了
这少了又少的颤抖，像黑色的金子一样稀有
我偏执地走向黑暗的中心
就为这黑色的金子

我看见一只鸽子在飞

跟着它
在空中转了几圈后
我站在混凝土街道上
仿佛得到某种安慰

也许它不是一只鸽子
也许它并不存在
也许它是从我身体里飞出去的

在晏城黄河转弯处

滚滚的河水中
我先是放下了多年的生活
又一头撞到堤坝上
当我扭身，向东奔去
岸上的人扔石头，吐痰，翻白眼
——2011 年，世界都在反对我
我头也不回
一心要到大海里去

街边人群

我观察他们，是为察看自己：
幼年的我，盛年的我

还被爱，还爱着别人
同龄的洪义，还没去抢劫
写诗的于有国，还没有猝死
母亲
此刻她不认识我
……这些令我软弱的
还在令我软弱
我没有为此羞愧
反而觉得这是多数人的命运
而对面的女孩
她看着我，怎么也不相信
这个人就是她
——我成了我厌弃的那个人

不爱

时间也有解决不了的
十年了，她还是不爱他
可他不管，他只把自己的爱给她
源源不断地……他相信水滴石穿
可他不知道，她可以让他穿过自己的身体
就是不会爱他

多么坚决的不爱啊
我赞美它

失语症

喉间。有滚落的巨石
压住舌角。有鹿
已在石后，豢养为猛虎
每次纵身一跃，都是对石头的反抗
为了脱口而出，我把嘴张得很大
并一次次在黑暗中，把石头推走

把虎腹内的鹿唤醒
虎，逐回丛林
我以为，这样便能获救
而不等我说出，石头就会滚落
虎也会随后赶来
循环往复间，我渴望真正的放弃
现在，像一个哑巴，我只是把嘴张大
虽然石头已经不在
猛虎已经不在
鹿鸣已经不在

我

1

我与这个世界的关系
就是我与你的关系
太远
太近
都不合适
我曾将手伸向闪电
也曾将脚深入冰水
而你说，不够
更多时
我闭口不言，哭着笑，或笑着哭
我只是爱着这一小片泥土
我只是爱着这一小片黑暗
我只是在黑暗中
走了一遍又一遍

2

你们关注花朵
我关注花朵下锄草女人的脸

她们把土地挖开
埋下水泥管道
我是应该和她们站在一起
而此刻我和你们一起
享用午餐
西瓜、猪骨、汤和白米饭
她们接过我手里空的盘子
我羞愧
我应该脱下衣物
皱纹深一些，皮肤还得黑
那样，她们才能认出我
才能像母亲那样
抱住我
早上清扫垃圾的女人说
“你们……”
我想说“我们”

3

如果我不把自己当成一个女人
一个人
一个我
那我是什么？
我无法消除我的局限
我只有局限
我就在我的局限里
只在我的身体里，性上
在我里，思考
我活不过我
她注定只给我这一小部分
我把这一小部分
当做我的全部
这针尖
它小得只够刺伤自己

4

她是枯的
我喝水，不停地喝
喝……
她还是枯的
我不能为枯负责了
喝水时，她又呛出了眼泪
我又不能为眼泪负责
它自顾自地流下去
让我看到一条河
枯竭的过程
后来，我都不能为干枯的河床负责了
任由她病着
她皱巴巴地拿出乳房
我握住她，也是绝望的
只不过
是最丰盈的绝望

5

我做不到佯装快乐
做不到骄傲
做不到，半夜不醒来
醒来不虚空
后半夜了
我只剩一颗失败的心了
这最后的花冠，有点紧
我做不到爱很多事物了
我摒弃了大多数
现在，我只想拥有一平方的故乡
这也是奢望
我只有一副哑嗓子了
我只有面前的旷野了
多大的一张纸啊

正好容得下我
奔跑
歌唱
呼救
喊魂

诗选本

Selection

李庄 叶明新 向武华 李鲁平 罗望子
第五洋 采采 珊珊 何鸣 溜达的七七
川木 束晓静 商略 非可 吴素贞 伍小影
隆莺舞 贾浅浅 薛贞 罗至 一江
夕夏 辛梧 郭红云 陈朴 邱红根 李星
闫今 许敏 宋心海

李庄 的诗

LI ZHUANG

礼物

这是谁的馈赠

打开吧一层层
打开：
自由
爱
最里面是：死

这是谁的礼物

快递员气喘吁吁
摁响了谁的门铃

我已喜欢上每日清洗脏臭的袜子

初冬时节，自殡仪馆归来
先将平日必饮的酒
多温上二两
脱下鞋子将泥点拭去
袜子臭了，打上肥皂，搓洗
据说天堂里不穿鞋子
穿一整天的白袜子也干净
有玫瑰的香味
能去天堂的人不多
我将鞋跟已磨偏的鞋子
打上鞋油

慢慢摩擦——柔软的皮革
现出光泽
天堂疏朗，洁净
不知是否有白云边酒
我已喜欢上每日清洗脏臭的袜子
我还要在这拥挤、吵闹、肮脏的
人间——散步

活着

谁都知道哪一天是自己的生日
活在三百六十五天中的你
却不知道哪一天将是自己的忌日
逝者知道，他
已经历，而后忘记
他让后人供奉的鲜花牢记那一日
第二天枯萎。墓园的鲜花
天天绽放，日日枯萎

婚礼上见一对新人相拥，亲吻
多美的笑容、泪水——你
也曾有过——鲜艳的玫瑰
动人的音乐。老掉牙的
祖父，老掉牙的
祝福——白发人祝黑发人
白头偕老、白头偕老……

与一辆灵车擦肩而过，你
在心底轻轻道一声：慢点呵——
仿佛灵车中的那位
是你已送走的亲人，和尚未送走的
自己——走好呵，小心
来时路上，我看见了一个
深不可测的水洼……

每一天都是最初的一天，你
洗净碗筷，擦干灶台，然后
在窗前坐下，拿起烟盒里
最后一支烟，点燃
看看窗外：今年的春天
来得早了一些
哦，昨夜写的那首诗
还需要修改一下，修改一下

杰作

呼伦贝尔草原的七月
一匹白马一匹红马
交配
阳光照耀
我知道这是上帝的杰作
他正在调色盘中调色
白马红马将生下
一匹什么颜色的马驹
那是他将完成的
另一幅杰作
他亦恶作剧
一笔将落日抹去的黑夜
十二月又覆盖上无垠的白雪
而青草淡定依旧摇曳

剖腹产或诗

妻子小腹上有一条12.5厘米的刀口
它张开过两次
五岁的安和三岁的小米从此处
来到世上
每当她俩叽叽喳喳说

我爱妈妈我爱爸爸时
我都紧闭着嘴不说话
事实上，这些年我一直不敢抚摸
这条刀口。我的诗一直在向刀口
学习沉默

葬礼

众多依然转动的表，围着
一只停了的表
默哀

三分钟
修表师不会来了

滴答、滴答、滴答……

觉者十四行

我坐在一把竹椅上
为什么不是双跏趺坐？

于桂花树的阴影下
为什么不是菩提树的根部？

我在想一首小诗
为什么不是证悟人生？

岳母站在门口
喊我进屋去喝肉汤

为什么不是牧羊人
施舍冒着热气的羊奶？

喝完肉汤
我陪她老人家打麻将

为什么不是觉者佛陀
带领使徒行道于天下？

钉钉子

一根木头又粗又长
取自树林，现在躺在那儿
一个人挥动着锤子
往上面钉钉子
他已经钉了一排了

另一个人指着两个钉眼之间的空隙说
“这儿再钉一个
我们把它命名为玛丽·唐恩。”

锤子高高挥起
锤子停在空中
玛丽·唐恩的尖叫声在林中响起

风雨

窗外一阵沙沙响
我不能确定是在下雨
这里是安静的乡村
无人从外面的路上跑过
一边跑一边说，下雨了

我放下手中的书
来到阳台上
原来是起了一阵风
三棵高大的桐树
每一片树叶都在风中抖动
它们哗哗哗地抖动

我回到了室内
把风声关在了外边
重新捧起了书本
探险者带着他同伴的尸体
正在爬下雪峰

一颗孤星

子夜时分
我没有睡着

坐在床铺一角
从窗户往外看
方形的天幕上
有一颗孤星
闪着黄色的光

我在手机上
看一个电影
敌对双方的飞行员
在空中追逐
他们几乎同时中弹
几乎同时
从天上掉到了地上

影片看了一半
我再抬头
那颗星星已经不见了
但并非隐入了云层
而是移到了
窗外的右上角
也就是说
在观影的这段时间
我坐着的地球
由右往左
令人难以察觉地
移动了一段距离

我继续看电影
两个侥幸生还的飞行员
在严酷的生存环境下
相依为命
在遥远的地平线上
他们相互搀扶着
从西往东走

夹角

看东西的时候
我的视线抬高了很多
这是一个新发现
以前我往下看
关注细小的事物
以卑微之心融合人世
在以前的视线
和现在的视线之间
存在一个毋庸置疑的夹角
它的尖锐时不时刺痛人心
但我知道
它没有度数
无意义并且虚无

足球场上

一天都是高温
热浪逼人
晚上的足球场
有一阵阵凉风
吹在身上很舒服

我趴在绿荫地上
做俯卧撑
站起来的时候
前面的轻轨上
一列火车轰隆隆地开过
看不清里面的人
但每一扇窗户都亮着灯光

我掏出手机看时间

屏幕上跳出一则新闻
一条逆戟鲸
背着自己幼崽的尸体
在太平洋的西岸附近
游了十七天1600公里之后
才决定放弃

这则充满人类悲伤的新闻
来自西雅图
标题叫漫长的哀悼

语义分析

我的愤怒
不是此刻外界所要面对的现实
它是温和的，甚至是舒服的
它不是情绪类型所是的那样
它是个词组
声音部分
具有稍显粗糙的转折
意义部分
则处于明确规定之外的模糊地带
我怎么向你解释呢
我的愤怒
完全是我心平气和的时候
突然冒出来的

她停止了哭泣

她停止了哭泣，面色如常
就像一座垮塌的桥梁得到了重建
脸上的泪痕，也看不见了
像畅通无阻的桥上

一辆汽车从桥头驶过桥尾
然后，桥空荡荡地袒露着

她经历的人生痛楚
像一把芝麻那么多，仿佛
烧红了的烙铁直接按在了心上
她之所以能够平静下来
是因为终于明白
痛与不痛，苦与不苦，均属自身

没有目睹她苦难加身的人
不会发觉她的伟大
而目睹她平静如常的人
只知道她是一位普通的母亲

晒点什么？

在龙湖和感湖的桥头
渔民把木船停在桥下
正中午，秋天的阳光有些刺眼
对他们来说求之不得
这是晒鱼的好天气
在一排排的网板上
晒满了尖头鲌、白条、亮银鲄、河虾
还有随处堆放的荷叶

在广济县和黄梅县交界的棉产区
则是另一番情景
每一个仓库的晒场上
每一个农户的土院里
都晒满了白兮兮的棉花
鸲鸽、灰喜鹊在竹席上跳来跳去
赶都赶不走，孩子们同她们一起
扑着翅膀玩闹

这么好的阳光
农妇会用簸箕晒一晒沾土的花生
新婚的年轻媳妇搬出木箱
晒一晒花花绿绿的床单、绣枕
小儿衣褂，空气中一时飘满樟脑味
还有婆婆婶娘会晒一晒
她们用心调味的麦酱、豆瓣酱
还有吃不完的泡豇豆、辣椒籽、茄子饼
这个季节是丰盛的

她们会在太阳刚刚偏西时
把所有晒的东西翻一翻

为什么河流、树林都弥漫着香气
你深呼吸一下就明白了
那一年，我也学会了把刚挖回的红薯
连着湿土一起提到阳光下晒一晒
没有晒的东西无法贮藏
随后漫长黑暗寒冷的冬天就要到来

不知什么时候，我们忘记了季节特征
在冬天做着夏天的事情
在秋天，望着大好的阳光
双手空空，不知道做什么好
不能像一个老农那样埋身于庄稼地
安心、踏实地做着有意义的事
那些无物可晒的人
看起来多么轻浮

笼养的树

安静的滨江公园里，每一棵黄栌
乌桕、重阳木、杜英、红叶
石楠、落羽杉、香樟、红枫
都挂上了一块认领牌
每一棵树都得到了精心护养
该施肥时施肥，该喷药时喷药
长出了疯枝萝蔓时坚决修剪
每一棵树都长得非常顺眼
齐整，精致，合乎标准
不会有钩刺扯到行人的衣裤
和笼养的鸽子、鹦鹉
还有铁笼中美女一般的狮子一样
温和，优雅，容易相处
我们几乎忘记它们在山里的模样
历经一场风雨雷电之后

会疯狂地生长，没有节制地开花结果
有野蛮的枝藤
不羁的躯干
和愤怒的花粉

好雨

这样的好雨下下来时
我们都松了一口气
在屋檐下摆满木桶、脸盆
甚至洗脚盒和洗澡盆
枫杨和棉花呼啦啦地
倒来倒去横扫一大片
时不时来一声炸雷
让走到门口看雨的人
不由地倒退几步
大人们都说这雨下的是肥
孩子们欢呼雀跃
村前院后的水沟池塘泛滥
有些鱼游进了稻田
急匆匆地迎着水头向上飞跃
这样的好雨下下来
暴躁的男人也变安静了
扛着铁锹去湖边挖沟放水
没有人沉浸于回忆
她们的日子单调得
靠这场急雨来冲垮
河流中漩涡推着漩涡奔腾
平原上汹涌的旋律和舞蹈
有人等不住了雨还没有停
就急着出门
一只白鹡鸰也是这样
在稀薄的雨水中疾飞鸣叫
平原上的好雨往往发生在初秋
自此天气一天天变凉

雨水泼下的是五彩缤纷的油料
大地永远硕果累累
人终将一无所有
和雨水一样自由落地，赤裸裸四处消散
包括她们恐惧地抓紧在手的爱
不再继续把她们拽在空中

在一条船边

在一条船边钓了一下午的鱼
码头人烟稀少，粗大生锈的铁链
一部分浸在水中，一部门镌入泥土
废船有些倾斜，整个江滩看起来也是倾斜的
一个下午，除了有船过路，江潮涌动
江面上布满时间，多得无用
一只江燕在低处盘旋觅食
小鰷鱼成群结队，在水面形成颤动的涟漪
来到江边的人影，都是孤单的，弯曲向上

是白头鹎，还是乌鸫

四点多就醒了
听鸟叫，夏天的晨鸟
自然比不上春天那么热闹
稀稀落落的，有两三只
叫得特别沉闷
又固执
是白头鹎，还是乌鸫

无物可赠

路上遇到一位，乡下的熟人
近几年他种葡萄，原先他种过西瓜

今天他上街卖葡萄
见到我，硬是要送我几串
我说种葡萄挺不容易的，要给他钱
他说自家菜园的，要什么钱
受之有愧啊，我无物可回赠
聊记一首诗

摘芦庵

一条高速公路
把摘芦庵周围的田野
分割成南北两边
一边有一座小土地庙
更多的是麦地，现在是五月
田野终日燃烧，土地庙香火稀少
一边是摘芦庵，尼姑开起了农家乐
绿树成阴，游客的小车玻璃上
落满了柳絮和鸟屎
时尚的是尼姑
默不作声的是网恋的农妇

普遍的恩惠

秋天越来越美
走在河边田地里的人
看起来又善良又富有
棉枝在手掌上划出细小的血痕
装棉花的布袋，它的系绳
断了几次，就打了几个结巴
没有人能掩饰，他刚刚失去父亲
他在往板车上堆棉花时
有点吃力，经验也不足
摇摇晃晃到达家门口

月亮出来，比棉花更白的光辉
洒得到处都是。河流停息
也在接受这普遍的恩惠

李鲁平 的诗

LI LUPING

初春

河从北走来，向东流去
腐烂的凤眼蓝和死鱼在河岸
堆积成丘，从闸口蜿蜒到河口
车轴草覆盖的河岸不留下任何
脚印，仿佛我走过的虚无之地

只有鳊鱼、鲤鱼的拍打响彻河空
与我一样，它们吃麦子、黄豆、
油菜，吃地沟油、化肥、重金属
它们就是生活在河流的人。与我
不同，它们把冰冷当做河水的
流转，它们从比水更冷的世界
跳出，再砸入河里打开一朵一朵
水花，如同庆祝节日，新生的
小鱼，雨丝一样装点一河寒水
只有它们相信春天必然会来

谁说春天不会远了？厚重的
车轴草洗净我双脚的淤泥，抬头
所见仍然是弥漫的大寒。

金鼓

不见钟鼓楼，烟火、舟楫、商贾都被
寒风肃杀。只有一马平川的稻茬，
撑着鱼米的繁荣。我在刘家隔搜寻
金鼓的余音，入耳的全是渺茫。

奔波在平原腹地，汊水、义水、涢水、
汉水、襄水、郢水、臼水，如一个个赶路
的棉农，绕过甑山、伏龙山、姚公山、
小别山、仙女山、乌龟山、神灵台，
围坐在川流分会的金鼓，议论天气和水情，
肝病和收成。这大泽之中到底敲响过四金
六鼓，每一条河流都溅起过梦幻的浪花。
他们站在寒冷的水里，捶胸，顿足，招手，
泪流满面，目送一阵阵狂风远去。

它也曾叫义川、汊川、汉川，每条水都可以
命名一个故乡。我装着一条水，回旋，冲撞
四突，形如乱水，它命名的故乡叫乱川。

霍城

穿过泵站河，趁大雪的阴沉和冷酷
堆满菜市场的案板之前，我赶到霍城。
它在菜市场的旁边，如同被生活抛弃
的病人，眼前的喧闹、油烟、天伦，
都与他无关。

这地上的人都化作了湖泽的泥土，
他们曾经的告密、欺骗、厮杀，
也成了泥土。风把它们吹向大湖，
与鱼游戏。那些罐、豆、盆盛不下
任何生命，石斧、石铲、石锛耕种
不了任何人的春天，它脆如泥土。

此刻，我不期望雪落在霍城。
这块与坝洲鱼塘大小的高台，
只能承受几只小鹡鸰的羽毛，
像南河到蚂蚁山渡口的木桥
只能渡过我的童年，不是父亲，
只能渡过儿子的童年，不是我。

你的故乡

这里有十五条看得见的河流，汉水、
襄河、涢水、汉北河、泵站河、南支河、
北支河、庙五河、军垦河……
还有躲避人，潜藏不露的义水、
汊水。河照亮白天，水淹没夜晚。
你的前脚是河，后脚是水。

这些河流的每条鱼都如我故乡的
昭君，我在汉水、襄河、泵站河
见过她们。她们露出水面，就像神
从云间显灵，纯洁、丰腴的一面
比我见过的人间美丽一万岁。这些
河流的水是毒药。每一寸比我感触
的情深一千尺。每当葎草、地锦草
绊倒我，扑向这些河的一瞬，
我都克制不住，要放弃此生。

兄弟，你的故乡也是我的故乡。
不是你在这些河流之间摆渡，
如此蛊惑人心的水，也就只是河。

河都流进了冬天

她们都已不再说话，也不笑，就如
我的母亲，对子女传来的消息从不
表态。她知道，每一天都可能下雪。

以往即使在雪天，我从她们身边轻风
一样走过，她们都绽开波纹，从上游
蔓延到下游。直到走进大海，心才平静
现在，她们也看不见宽阔的远方，一路上
都是牛筋草、猪毛蒿、雀稗、钻叶紫菀。

她们渴望的脚步已冰冷，凝固，
但始终朝着抵达不了的方向。

她们通天达地，跟人一样能感知死
她们在奔赴的半途就已死亡。

电鱼

电鱼的从高高的石堆之间
钻出来，如一只从森林探出头的
黑熊看着我。然后他把通电的电极
插进清凉河里。电流的吡吡声
从上游传向下游，从春天淌到冬天

又一个背着电瓶，穿着防水衣的
电鱼人向我走来。清凉河的每一寸水
在电解中越来越瘦。这河里每根苦草
都贯穿着电流。这河里什么都不生长
除了斑茅、苦草、香蒲、反枝苋

如毒蛇吐信，电极释放着死亡的声音，
从一片水到另一片水，从一根草到
另一根草。如同时间挥着利剑，刺入
青春，再刺入中年、壮年，从昨天拔
出来，又刺入今天，还要插进明天。

水界

无际的水在此徘徊不前，
与我活到此刻的人生一样，
没有选择。往东的平坦世界，
只能隔着一个叫洪界的屏障想象，
就如我，一生想象看不见的未来。

它的确挡住过水，甚至挡住过
呐喊、颂歌，以及石头、飞箭、
子弹。只隔一座山脊，山的一边，
是石碑上英烈的姓名，山的一边是
匪寇的枯骨。他们其实可以互相
看见对方的面貌，后来也可以互相
看见对方的名字。现在，他们融入
了一条界限，并指给我们看。

但没有人能分开水，山也不行。
水浸透着一座山，也滋润着时间
并把善知识贯穿一草一木。这条
分界的山，已经长满了茶。每一
滴水，每一抔土，都能浮出秘香，
你心怀爱乐，一定可以闻见。

水停之盛

整整一天，我被水困扰。前列腺炎
从地传染给了天，从人传染给了云。
江南的骨头里滴着阴暗的雨。

从井里打上来的水，装着母亲的心事，
和她头顶的乌云。推土机来回跑了两趟，
木匠的三间瓦屋不再挡住修路。桶里的
水还照见了儿子，他在千里之外，五个月
没有音信。也照见了女儿，她在更远的
南方，注视着一堆水果发霉。

三十年前，木匠的母亲揣着一瓶一〇五九
走进水里。惊飞的鹌鹑，只把消息告诉了
打鱼的哑巴。赤脚医生冬梅的母亲，二十
五年前也走到这里，她没带农药，折断的

芦苇把她的去向封锁得密不透风。
她们都与母亲同龄，她们一起摘棉花，
一起开大会，一起看踩高跷和跑旱船。
现在，只剩下母亲和她背后的一河水。

这一河水从未停下，即使在九曲荆江，
也未见它们犹豫。如果它们停下来，
就会是另一个沙洲，就会是一面巨大的
镜子，就可以照见母亲惧怕说出的来世
以及湿气在她后背写满的酸痛。

竞注不流

我一直看着雾，它们从童年升起
沿着南河和沙洲蔓延到城市，广告牌
霓虹灯、沃尔玛、火锅店、公汽站
都凭空灭迹。它们也是前尘，邪伪的
作业招来的尘埃，苍茫万里，衮衮野马

大河粗壮的腿搁在渡口的棚子下，城市
高大的烟囱站在大河的背后，故乡青黑
的屋脊上，喜鹊等着工厂的汽笛拉响
现在它们与我一样无实际之地，都如
失路之人。

从童年起，我就尝试奋力划开眼前的
大雾，而每一次挥舞，我都看不见
自己的手臂。我也一直担心，南河
以及它的支脉，在忽左忽右的惑乱中
丧失天真之道。

到了中年，我知道，只有河流
在白色的广罩中初心不改，
竞注不流，最后都走向了大海

留我在河边

你们都走，留下我一个人和
一条河，还有这些瓦砾和青黑
的断砖，它们如残破的人生，
只能做一条河不可缺少的装饰。

对你们，这一河水永远只能远眺
它的光芒不能照遍你穿行的街道。
你们都走吧，回到那些高楼之间
的乱流中，那些你每天奔波的道路，
没有一条是天真之道，每扇窗口
飞出的歌声都不出自胸臆，餐桌
上每种食物都不出自根本，
而我就留在这里，看真风不坠，
看苦海收波。

黑夜已经从闸口涌出，这条河的两岸
就只剩下我，这就好。你听，在横流
倒流里，鲤鱼尽情滚过石板，赤膀鸭
利剑一样分开黑暗，三草二木同沾
滴水滋润。我狂心顿歇，安流觉岸。

头孢

她在庭院里翻书
偶尔垂首低眉
找寻风吹乱的文字和逗号
他在转角的大排档
看看天空、人流
看夕阳下渐渐安静的啤酒花与蜀葵
她想他若在她就没空了
他喜欢热潮喜欢呼朋唤友
她喜欢他粗糙地大声吆喝
他想她若还在
他还和她在一起
他们仍然冷战，撕咬
胡搅蛮缠，歪理正说
专挑彼此的伤口插刀
他们绝对不会片刻消停
也不会享受孤独及其所有
和
刹那间的宁静

荷花

献给荷花的
都是美好的语言
以致我常常把她和莲混淆
鲫鱼和水草、蜉蝣和淤泥
供育了他们的娴静与完美

莲也供育着荷
都说莲花过人头
还是荷花最红火
亭亭玉立叶大如盖
铺张到极致
豁出自己的俗
就为了映衬莲的雅
我只能猜想她们
会如何惜别
是不是会向天空
交出一张洁白的纸片

体检

中年的肚子总是多了一块肉
膝关节总是积水
压力山大
半月板损伤成为通病
比如我常常觉得我的左腿
不是我的
仿佛一副假肢带来的
深深无力感
需要调动全身心支撑
中年眼都有结膜炎
霉菌时刻侵袭着中年耳
咽喉被掐
尿路跑来红细胞
右肺尖小肿
肝内也闪耀着小囊肿的魅影
过度开采的中年身体
千疮百孔
预示着提前进入暮年
背道而驰的
只剩一颗强壮的心

牙痛让我舒服地躺在床上

我对诗歌的认识和崇敬
出自它是否传达忧伤
蔓延到一定程度
忧伤才会滋生快乐
仿佛歌声时刻唤醒流泪的雪人
雁南飞
纤夫一步一步
踩踏着深深浅浅的诗行
仿佛牙痛让我舒服地躺在床上
人闲桂花落
山水之间，无前尘

二月

人们都说
二月是我的
的确　二月最短
二月春寒料峭
阳光也是冷色调
二月的夹竹桃还在梦中
胭脂梅恍恍惚惚
春芽初萌又立马缩头
因为时光在此刻定格
我们无法忽略二月
广场上空无一人
大妈挥拳行走在跑步机上
情侣们素手压裙打算热身
我的二月雾霾稀薄
第一炉沉香如青云直上
二月
我们带着惆怅盼望
尽快拍卖三月

点赞的几种方式

爱发朋友圈的人
都是为了分享心得和发现、悲伤和喜悦
以获取点赞与转发
有的人给自己点赞的同时
给所有的人点
有的人一概不点
有的人专给那么几个人点
有的出于谄媚
有的出于怜悯
有的人看后再点
有的人随性
殊不知他在给一个死者点
有些人的点赞姗姗来迟
像一个便秘患者
点不点的人
发不发的人
都把朋友圈划分成三六九等
你是谁
你是什么人
就看你是怎样点赞的
又是怎样屏蔽的

第五洋 的诗

DI WUYANG

我要开花

我要开花
颜色、大小都定了
日期也选好了
等到那天
水啊，养分啊，天气
都要顺从我

少儿不宜

每当
电视剧里
一对青年男女
相对凝视
缓缓靠近
大人们就会用手蒙住我的眼睛
仿佛要发生什么可怕的事情

有一回
我壮着胆子看下去
发现
不过是
四片嘴唇搁在了一起
搁的时间比较长而已

冥王星上的孩子

他决定到一个没有人的地方去
他动用了五根手指头的智慧

最后，决定去火星
于是他携带一袋露水、一架天文望远镜和一脸雀斑
去了冥王星

当有一天，他骑在冥王星上
从天文望远镜里看见
地球上的父亲母亲
又悲伤地坐在门前
他决定，还是回去

你在照片里一动不动

我坐着不动
看秒针动
看分针动
看时针动
如果落日主动
想你就很被动
想你的时候，就翻看照片
照片里，没有一点风吹，草动

消息

从远方来的人
像一个
圆鼓鼓的气球
带来了
许多消息
消息之中
一半是好消息
一半是坏消息
我们让他说好消息
坏消息
没让他说

让他原样
带回去
于是
在欢天喜地中
我们目送
快了一半的气球
远去

数豆子

我躺在青豆荚里
我在豆荚里想豆荚外
我想象不出外面是什么模样
有一天豆荚忽然被剥开了
惊惶中，我看见蓝蓝的天
和一张少年清瘦的正淌着汗的脸

轮椅

一个老妇人推着
轮椅准备过马路
红灯来了，她在等
轮椅里坐着一个老头

旁边，另一个老妇人
推着轮椅准备过马路
也在路边等红灯
轮椅里也坐着一个老头

等红灯的间隙
两个推轮椅的老妇人
攀谈起来，坐在轮椅里的
两个老头，互不理睬

落幕行

像一天里，必然降临的暮色。
有人视而不见，有人浑然不觉，
像孙子很多年后成了爷爷，此刻正推着婴儿车。

出入菜市场。进去时，他是孤零零的
一个。出来，手里多了
几个塑料袋子。其中一个袋子里：
被挖去了内脏的白鲫鱼，渗血的嘴巴仍在开合。

生日行

还有十几天，就是我生日。
妈妈受苦了，从三十一年前
到现在，苦，还远没有结束。
世界杯来了：转眼，又老了四岁。

吓我一跳

这段日子很平静，有些无聊
拨通女儿电话，有点儿怕
默问自己，欠揍是吗
为时已晚，电话接了：
妈妈，你还好吗
轻言细语，我吓一跳
赶忙挂了

山村秋果

山村人烟渐稀。秋天
果实一下子显得拥挤
一路寂寞妊娠的肚子，一天天变大
瓜熟蒂落
人少有恭贺，捧场
鸟兽们异常地忙
那群贪吃的长尾山雀最近明显胖了
老鼠也是

生无所息

拂晓，能够醒来的都是生命
动是生命唯一特征，不管
昨天经历了怎样的
疲惫伤痕荒废耗尽
撕心裂肺痛难欲生
山崩了地裂了太阳熄了。但

第二天清晨，如果活着
接着奔跑
这就是生
生无所息，与墓地中的逝者不同
太阳出来了，唯有他们安静
赖床懒觉

那张O型嘴

卫生间下水口，一张O型嘴
掉进东西，无法挽回
眼巴巴僵立，如掉进海里
大海，不会常去
站在浩瀚海边，你也会有足够的警惕
卫生间，屡次三番
见惯，那张嘴
宽衣蹲下起身旋转，随意

咕咚，掉进了卸载的戒备
坠于腹底

阎罗，地狱之王；拿人的，多是小鬼
硌脚，鞋里沙子；非远山巨石
颤栗，遥远的宏大
但慢慢吞掉你的，往往却不是它

走神

这样的抱啊
屏息，然后叫了一声
月亮第三次透过云层
看得清，蛾儿在飞
这样的月下，不需要多余的灯

沐浴光亮
蛾，不总是需要以决绝方式换取光明
不远处的桂花树，斑斑影影
恰当的距离和风速，香不袭人
虫声唧唧
它们以聒噪送来夜的恬静
我，忘了互动
在这样抱里，恰到好处地走神
这种烈火太易熔骨焚身
我不要，一下子燃烧得过于充分
什么都不能留下，包括灰烬

母亲低着头，不敢看我

门吱的一声
母亲警觉
赶忙把撤退下的木炭又夹回火盆
发凉的木炭白着脸。我明白
它们气愤燃烧中为何猝然叫停
瞪着那一架
再也暖不热我双脚的骨头
一边责备，一边泪流
母亲吓得不敢看我，低着头
挪动椅子使劲儿往火盆跟前凑
这会儿啊，炭火已旺
她烘烘手烘烘脚，一副讨乖的模样

冬日洗衣

手，像电筒光透析中，透明的红
一种冻到了骨头里
父亲想伸手暖暖
母亲，亦想

两双手都在相框里，压着玻璃
伸不出来，样子很急
我赶快双手合十
这一刻，歇息这动作原有的含义
取暖：左手温暖右手，右手温暖左手
瞬间，双手冒起热气
相框里面的人，略呈平静
好像得到了一丝丝安慰

一床太阳

垫床的隔年稻谷草暴晒后
年代久远的被褥暴晒后
塞着旧衣服的枕头暴晒后
唯一半新的床单暴晒后
——满床干爽的太阳
土屋墙脚处有几棵芽草正在生长

一忆起那床太阳，就去我女儿的卧房
枕头被子反复晒得发烫，满屋生香
太阳还是那颗太阳，被子上味道不大一样
女儿不是那个女儿，却是同样的爹娘
前天晒晒，昨天晒晒，今天晒晒
明天，女儿回来

我有些怀疑母亲来过
一碗洋芋饼，一碗炒黄豆
一碗蒸鸡蛋，一碗猪肉煮豆豉
这些都是
小时候盛大节日，长大了回娘家
母亲亲手做的我爱吃的菜食
这回是由我亲手做，母亲吃
味蕾是有记忆的，一桌母亲的味道
我在等母亲

很想坐在母亲的迎面
看她大快朵颐的吃相
和杯盘狼藉的一扫而光
如今的母亲啊，总是来去无影无踪
收拾碗筷的时候
查看蛛丝马迹，找不出动用的痕迹
我有些怀疑母亲来过

珊珊 的诗

SHAN SHAN

错过

我放慢脚步
一群衣着华丽的干尸
赶在了前头

河里的捕鱼人
收起一网残枝败叶
而所有的黎明
都漏进河里

严寒冬日
阳光打在你苍白的脸上
单薄如纸
我和眼里凝结的泪
却在你怀里一并融化

我们的过错
是完美的错过
花儿谢了
遗存的
是种子
或者肥料

孤独

忘了是早晨
还是黄昏
一个男人飞奔而过
扬起沉重的沙子
沙子里有独特的气味

是的
我闻到了孤独的味道

但孤独本是关在笼子里的
它们出来一阵
很快又会回去
钥匙呢
有些人会找
有些人不会
有些人会砸锁
有的
再上几把锁
因为他知道
孤独才是永久的伴侣

我把锁砸了
却只看见张牙舞爪的影像
吞噬每一个从那里经过的鲜活生命
他说只要一片雪花
于是
我的体内雪花飞舞
没有树
也没有风
只有雪

就都留给我吧
寒冷的日子里
除了孤独
我还会牵挂

疤痕

我喜欢你的怀抱
喜欢你时而冰凉

时而温暖的胸膛
上面那些让我又爱又疼的刀疤
它们虽早已结痂
可有时脾气也大

我需要你的怀抱
你的臂膀围成的三角
是世上最坚固的堡垒
是深夜最温柔的月亮
是我一个人的
天堂

紧一些
再紧一些
让我在你的伤痕里发芽
让我在你的身体里开花

别

该掉的叶子在掉
该醒的枝条醒了
要开的列车开了
送别的人远了
途中的风吹倒每堵心墙
你是在意
或者不在意
一切该发生的不该发生的
都在发生

我愿意

你化成无数朵烟花
日夜兼程地朝我飞来

绚烂无比
随风坠入湖面
悄无声息
空气中的恶味弥漫
挥之不散
就像
雨水狠狠砸进我的眼睛
把我从画里拽出来

在我战死之前
只有一个夙愿
让我安静地和你过完一个
大约三五年的一辈子
就用剩下的几十年来偿吧
我愿意
我也坚信无论过去多久
都会找到你
因为我知道
你的魂灵葬在哪里

星空

我读不懂
你眼里有限的悲悯
你填不满
我心里无底的欲望
凌晨的星空
奢华得像我们缱绻过的每一个地方
而你就活在每一颗星星里
我不看它们的时候
它们在我心里安静待着
我看着它们的时候
它们又急着从我眼里逃窜

我醉得一塌糊涂
黎明升起
星星被阳光抹去
你要用生命爱我
不然我不会快乐
因为我的灵魂
和你名字一起
刻在生死簿里

烈酒

我在黑夜里
坐拥星辰
当我流浪在你家门前
你笑了
多么无知的我
可我无力演绎你赋予我的生机
更无法抗拒黑夜
每一道令我加快衰老的咒语

烈酒喝完了
你走了

我走了
没有你要的烈酒
我唯独记得
那如血般的残阳
是怎样扭曲一朵自由绽放的苦瓜花
怪你
那一双比洪水混浊的眼睛
把这万物看得如此清晰

你很危险
可你的枪还在我手里

风停下来
血便凝固

何鸣 的诗

HE MING

每一个想去的地方

在扎塘鲁措听弦子弹唱
比喻永远是蹩脚的
秋风还是低了点
像一杯化不开的复芮白
喝起来有褪黑素的味道

当虚荣成为一种无害的恶习
我眼中剩下破碎的时光
开始善解人意了

每一个想去的地方
都有蔬菜和水果
生机饮食有更多的常用配比
水果中菠萝的酵素最多
假如我是一只柠檬
我拿不定选择青色还是黄色

假如
我是一棵空心菜呢

一天一杯蔬果汁
每天都有一个
想去的地方

思乡曲

周末听歌
那首《父亲的散文诗》里

庄稼走过两季 十年就过去了
我边听边想
不能莫名其妙把八月荒芜

家庭群不断发来旧照片
我一张张存于文件夹
我边存边想
要好好写一首思乡曲

院子里
香樟树和女贞树被青苔缠绕
我分不清她们的叶子
哪一个是圆，哪一个是椭圆

邻居有个男孩给三条狗都起了名字
我记得最大的一只叫北极熊
入秋的某个晚上正在某处游荡
每一个想往的地方
她们都有名字
她们都很遥远

思乡曲一定要简单
调子不要太多
槐花折成小小物件
压在枕头底下
熏出泪来

岁末

换了新手机
备忘录提醒我
存档将在30天后永久删除

我开始有点慌
浏览最近记录
发现全是线路指南
停车方位
和shopping list

我得了方向失忆症

各种卡也在发来信息——
您的积分将被清零

我把铃声设为《欢乐时光》
除了月亮用过
在夜色下
它们全是蓝调

竹书签

翻开六年前的一本笔记
字迹陈旧，页面微黄。
少许霉味
压在一篇演说摘录中
文字干净得过于谦卑

一支竹书签
刻着漫不经心
风干的名言这样写道
万物无路可寻

我试图夹在另一本书里
纸张
掀起了他们的好奇心

雨水

当感觉到冷时
并没有看见雪

只有无尽的雨
从初二下到初七

回来的时候
想买一套地灌
从此不再担心花草
毫无保留的春天

这跟气候无关

当进入无尽的宇宙
青菜要有青菜的样子
棣棠花和赤松
也要好好安顿自己

只是雨不停在下
不停在下
似乎拼命要错过
这个充满好意的一天

在夏天

肉类植物疯狂生长
为了让它们不受拥挤之苦
我把它们散成三个盆
并且分别起了名字

过了七天
它们开始东倒西歪
又过了七天
它们连腰都直不起来了

我确实有点后悔移植
这是夏天以来我犯的若干错误中的一个

而小满之后的夏天早已热得不行
给三个盆植都起了名字
我也只记得一个，叫——
捷径

（忘记的那两个
我要在秋天找回来）

散步时我们在想什么

在楼下遛狗
碰到邻居对骑车的男孩说
沿着地上这条缝隙直行
你会骑得越来越好
可是小男孩东倒西歪
根本不打算骑好

狗也在东张西望
好像有些心事
周遭的存在提醒了它
将要失去什么

散尾竹虽然披头散发
因为有了滤镜和调色板
照片上尽是糖水味

糖水是奇怪的时光机
把甜味折叠起来　发酵

走到教堂只需五分钟
我突然想起张神父的一句话
他说爱主成伤

散步时我们在想什么
有人在楼上喊
下——雨——了——

煮花心

喝酒的同伴散去
四周嗡嗡回音
是他们高谈与阔论
像夏日雷声在远处
滚来滚去

此时我才复归元神
淘洗杯盏
茶壶里，花朵正在打开
我一个人的夜
像画轴铺展蔓延

大白雪夜

雪夜的柏树岭不见高深
但觉缓释
林中小兽踩下足迹
轻松离开

埙是懒虫的孔洞
吹嘘我呼吸
星子点点
雪窝里短暂风声温暖
墓葬般合围和洗罪
我从大白雪地里
偶尔醒醒
乘着野鸟
自在来去

一念疏忽

晚睡的人清瘦
他曾骨血饱满
鲜衣怒马
执念广大
在尘世里咀嚼甘蔗

那是多久的光阴
雷雨咽下了要义

此时灯光宁静洒脱
竹笔轻快宣纸婆娑
他停住
眼神跳动
仿佛有话要说

恋爱中的情报员

咕咕叫的鸽子带着信
你不知它们中哪一只
它们中哪一只，带信

信还在空气里盘旋
要等上一会儿
等上那么一会儿

那只会说话的鸽子
发光，离群
像播音员一样
郑重播报：

我是一只鸽子
我的代号是“情种007”
007，永不消逝的007

扁鹊の520

孤独的扁鹊
它喜欢单翅滑翔
像大海上的快船
乘风去看蔡桓

桓公揣着脾气
叽叽喳喳的扁鹊
一开口说你好
他就气病了

扁鹊赶紧改口
亲爱的你，在腠里
相思之疾
不治将恐深
love is cancer under skin
所以，我也爱你

遥远的波浪真叫好
再来道音浪就回头
小船一头扎进药罐里
煎熬也不要紧

无题

这个人，站在那里
我说的这个，相距遥远
没有清晰的人称，无法指代
而那里，就在对面，相隔一条河流
仿佛伸手可及，又难以触摸
你看，语言多么模糊而游移
远不如一座桥，能够抵达

在某一位置，我们看到了什么？
键盘一次次敲击对岸的风景
比如西西弗斯的石头
小美人鱼和快乐王子
而真实的风景从不在场
比如春天的垂柳
穿过柳叶的一丝微风
在石桥上停栖

我们与生俱来被言词塑造
被安放，被驱赶，被填充
时间和空间都被整齐排列
甚至连孤独都没有立锥之地
此时此刻，我能看到什么
黄昏在河水里缓慢流淌
而黑夜，即将淹没那座桥梁
以及对岸，层层堆积的影子

对梦境的叙述

必须对生活警惕，与言词保持距离
而梦是可靠的，不会背叛自己

在梦里，迎面的人多么熟悉
可能是我们的祖先、父母、孩子
也许碰巧就是来世的邻居
我们惊异于梦中的相遇。握手，寒暄
却怎么也叫不出对方的名字

梦是一种形式；真实不会依附于内容
在梦里，我们有着白纸一般的脸
紧贴黑暗的墙壁，等待被人阅读
大风吹起，梦中的酒杯叮当作响
饮酒的人酩酊大醉，或者早已死去
只有我是清醒的——时常梦见自己
张开翅膀，沿着故乡的草屋低低飞行

陈述

我想，这就是黑夜的帷幕
即将拉开。事物戴着面具
等待出场。我所说的事物
不过是未曾破壳的语词
意义终将呈现，在时空之外
更大的帷幕，将世界遮蔽
仿佛歧义重重的迷宫
一张张清晰的脸庞
在相互摩挲中渐渐锈蚀
此时，如果有一双手
擦拭语言的浮尘，我们会看见
流水与流水纠缠，堤防与堤防对峙
而黑夜，在河床里沉没

白桦林

如果我有一片白桦林
月光下的白桦林

浸润在水中的白桦林
亲爱的，我能对你说些什么
说些什么？月光融化了身影
只有那些孤独的白桦林
它们向往着天空，夜晚
那些孤独的白桦林呀
就在我的心里，在月光下
在水中，在最深沉的梦境
在我们的墓碑旁，多年以后
是否还有一片白桦林

他说这一个应该能到最后了吧

他有三个前妻
分别在美国、南京、北京。
他有过好几任前女友
分别住在城北、城南、城东，等等。
他不停地买房子
给前妻，和前妻的儿女。
他很确信，她们不会再结婚。
他熟悉城北、城南、城东
很多细微的部分
他住前女友们的房子
照顾她们的生活。
有时候开车经过，他会指给
现任看。他给现任老婆又买了房子
让她收租，每个月再给一万零花钱。
“这一个应该能到最后了吧”
他说，“毕竟她跟我的时候
一无所有”

4月19日，明月几时有

我走一条下山坡
向西，向城墙和护城河
晚上7点
淡蓝天空一弯
浅淡的下弦月
我跟着月儿走
想起城市东边的
一个朋友
我喊一下他的名字：

快抬头
看我已把我的一弯眉
贴在了你的头顶

纸面花

你说它是什么花
它就是什么花
在灰色纸面上
那一朵
我写上你的名字
它就是你的了
它的四片叶子
像四只鸟儿
要挣出纸面
无翅欲飞
这花的美
和它们毫无关系
我伸手
捉住了其中一只

声乐课

声音是有形状的
你们要学会
为自己的声音塑形
想好
它要穿透的方向

我决定把我的声音
设计成一根光柱
因为
我怕黑

出众

一大片油菜花我们只看见黄
看见整齐划一的集体狂欢
直到在长着枯枝的水边
遇见那么一小朵
我才看清了
菜花的真正模样

雨水爱好者

他不带雨伞
没有雨衣
他不是一朵花
或一棵树
天一下雨
他在房子里
就待不住
他拿起帽子
往雨里走
帽子只是习惯
跟雨没有关联
他也说不清楚
究竟是
哪一个部位或器官
暗藏着火焰
只有来自天上的水
才能浇灭

蓝月亮

一月里
满月出现了两次

大雪下了两场
他们叫第二个满月
蓝月亮
虽然它是血红的
血红的大月亮
照在一尺多厚的白雪上
我很担心
会不会有一滴红色的液体
落下来
我希望它不会砸到谁
它只是掉落在了雪地上

不抒情我还能怎么写

哪一天你请我
抽阿拉伯水烟
烟膏我要
蜜桃味儿的
炭火里要加香木
你说那是哪一天
我们讨论了很久
不确定那是哪一天

星证

我们在天台
看星河灿烂
寻找自己的星座
以证明我们
确实是在人间

那一年的赛里木湖

除了我们三人一车
没有看见别的活物
湖水像一块蓝色缎面
有丝绸的温柔
我们绕着湖水
在青的牧草和白的野花丛里
走啊走
遇见玛尼堆
就停下来
加一块石头
没有骑马
也没有遇见
骑马的人
天黑之前
我们最后望一眼远山
回到车上
开往更远的山

商略 的诗

SHANG LUE

消失的气味

经过转角的轻型卡车
闻到一股柴油味，淡漠，轻忽

经过一个废弃的机修车间
所有的铁已死去，寂静，笨重

都忘了曾经，有过些什么
唔。没什么过去，也就无需什么未来

我们身上，有着同样缓慢抽离
又同样无力阻止的东西

往事的特质即遗忘，即无穷
我们说的往事，并非往事
它是一阵伤心的、坚硬的气味

老蚕豆

老蚕豆长出了黑眼睛
在锅里她们眨眼睛
像我那样没睡醒
那样悲伤，却没有眼泪
成熟与熟是两个概念
就像老和死，判然不同
我抹着灶台想
这世间的每一样东西
生下来就开始老了
到了五月，吃蚕豆要吐壳了
我记得她们年轻时候

那是八十年代
我在田野偷摘新长的蚕豆
却在无水的沟垄
看到两具年轻的肉体像蔓藤纠缠
熏风吹来轻语
我想对他们说点什么
却不知道怎么说
微汗的味道令人沉醉

我们都在等待一个完美的时刻

牛肉味的小鱼干
怎么可能。甜的香烟怎么可能

屋顶上的星星与我无关
无论它们怎么排列

任何侵略而来的声音和人心
都可以放大，无限大无限大无限大

我感觉在流汗，又没有汗
很容易摸到了茶缸

只要是黑暗里待久了
就能看清黑暗中的所有事情

我已习惯了不看到任何东西
只凭着精神力量，失眠

失眠的小鱼干
怎么可能。牛肉味的香烟怎么可能

屋顶上星星仍在排列
我们都在等待一个完美的时刻

他们谈论的过去和我记忆恰恰相反

和三十年前的朋友一起吃饭
看了一会儿江上白鹭
徘徊，着迷于水面
自身的翩翩幻影

我都听到了。他们谈论的过去
和我的记忆
恰恰相反
是记忆不可靠

还是什么出了差错？
我不知道，我有多少不真的过去
像白鹭误把水面波光
看作自身的投射

这城北乱山和江上清风
哪一个更真实？
我曾努力攀登秋天石级
一边提醒自己，这是不真的

无论途中的劳累还是眼前风景
在你跌下山崖时
这一切会醒来
你会在另一个世界，睁开眼睛

消失并不是突然、彻底的

事情总是这样
越到后来，你看到的越少
一条看不见的暗河
带走了你当时无法察觉的东西
浮云滑过天空

有人走过干燥的雪地
你看不到任何痕迹
看不见的松林越长越小
回到松果的寂静
如你所愿，蜡烛在燃尽它最后的蜡
最后亮起的，是黑暗
我们终将看不见彼此
似乎我们已死了很多年
留在我们耳畔的话语
和皮肤上的体温无限轻下来
但不会完全没有
除非它当初从未存在过
我的意思是，消失不总是突然、彻底的
如果有慰藉那便是
巷道上毫无心肠的灯路
灯光冷得像块冰。在路上
看不到我熟悉的动物
也看不到你

过沿山

山上白云只可看看
扯不下半缕
我愁于白云的无形
和人生的有形

运动的事物带来光影
静止的陷入永恒
我在照片中看到的自己
才是真的自己

废园里，是没有桃花的桃树
失去屋檐的屋檐
玻璃完好的窗框里

有一片无人再看的山色

长草挤上了灶台
那些好吃的烤土豆呢
何时再会有？挂着盐花
像从云里刚刚捞出

在原来杂乱拥挤的书房
我只找到一本书——
另一个城市的地图册
失踪的主人，或隐身于其中的某条街道

隔了许多年啊人的生活
已难以想象。我们总是惊奇着
自己变成了这样而非那样
而活着的枯乏毫无悬念

那些年我们通宵抄书
饿了煮年糕，浇一勺酱油
有时彻夜打麻将
听屋后溪水，流入东边水渠

又流向十里外的山脚
我们知道溪水源于何处
又消失于何处。唯独当时
不知道我们，将消失于何时何地

有多少乡间的天气

有多少乡间的天气
沉浮在酒碗里
天晴少喝点，下雨多喝点
梅季到了，菜里
须放几只辣椒

暮色环绕的河边小屋
如今野花盛开
我们在饭桌上讨论燕子
那些凭空消失的人，老去的人
曾是我们共同的命运

有多少乡心被我们浪费了
就像灌下去的酒
被我们吐出来
枯乏的生活，骑着附近工厂的
滚滚烟尘到处奔波

有多少燕子离开了
那曾遍及我们的国土
好像不会再有春天
这么多年啊，死去的人无所事事
我们坐着，犯下沉默的罪

石子弄

沿途的草木依旧是草木
却不是昔日样子
我们对旧世界的陌生
来自于内心日积月累的冷漠
可是谁说砖木无心？
弃置的旧屋
它的自我朽蚀数倍于日常
寂静让它忘记光阴
忘记一日日的明暗和长度
地板的每一粒积尘
源于自身的损毁
是的，也许，这一切都还在
我们并没有失去什么——

厅堂的沉默、秩序和空无一人
我见过的燕子
在我到来之前已经死去
旧筑的泥巢留下
一抹土黄痕迹
再没有别的燕子飞来
对于过去，我想不出有何话要讲
也不想挽回什么
唔。我知道万物有着
各自的命运和终点
如雨丝中低旋的几只燕子

非可 的诗

FEI KE

绿皮火车

早安的女人从地图上醒来
八十年代的女人有黑白灰的颜色
她吃煮鸡蛋的声音小于邻座打呼噜的声音
她在列车的拥挤里占据狭小

不确定她是张小丫李小丫王小丫
某个南方小镇有她读琼瑶而一见钟情的男友
千山雪和连阴雨都是美好的
怀里邮戳清洗后更加鲜艳

窗外越过高塔、庙宇、崎岖、分歧
她确信她跟它们一一握过手
她确信这些地方的某一处
飘荡过类似于她的一朵云

她不断告别
向方言里的尾音
向打鱼回来劳作回来的人
向打开的窗户和关闭的窗户

锯拉动着，锯折磨着她
春天的锯

白马

凭空，画一匹白马是有困难的
我不知道它出生在什么地方
有什么习性，睡觉时睁不睁眼睛
好吧，就算是百度会告诉我

那么，笔呢，纸呢
当我进入一个商场，对着尚年轻的工作人员说
我要画一匹白马
一匹白马成了我和她交谈的内容
无论她是否见过那匹白马
我都带着纸和笔回家了

这个过程在我的生活中微不足道
就像某天我吃了一盘美味的水果沙拉
或许，我会把味道告诉同事
或许，我就这么静静看那个少年翻过矮墙后不知去向

大雨时行

我说的是那场大雨
我说的是那个徒步者
被，瓢泼大雨
从头顶淋到脚下

关于他的年龄、籍贯、爱好、兴趣
我交给另外一个人去叙述
我把他的故事转移
留下干净的他在原来位置

屏蔽一切杂念
我就在这场雨里注视一个人
借着他
湿透一下自己

沙枣树

秦小北的右面是我
我的右面是沙枣树

冬天来临的时候，有一个冷起来
剩余的两个，也会慢慢冷起来

关于暮色

风从门缝里钻进来
梅花尚未开
一只乌鸦在外边叫
时而高亢
时而低沉

出租屋内
我依偎着秦小北
一边反复地看《泰坦尼克号》
一边听那只乌鸦在外面叫

很多年过去了
我才怀疑
秦小北比我
先听到那只乌鸦的叫声

八月还是那个八月

绿色覆盖地皮
八月还是那个八月
恰不恰还是那个草莽里的恰不恰
还是它走在前面，扎西走在后面
手里牵着一大一小两头牛
毫无悬念的，走过十二个帐篷
打三个哈欠
遇上瘸腿的二叔王麻子
听他拉一段二泉映月

黑暗的光线

黑暗的光线里
我不能一下子就看到我的父亲

我必须先走进那座小院
被葡萄藤蔓缠绕的小院。我的父亲
露出他的手

沿着河岸走。长大的方式有很多
他只会牵着我的手走
同时，将一颗最大最甜的葡萄放进我手里

冬天。夏天。葡萄的滋味很悠长
有时候是一天
有时候是一星期
我待在它旁边
完全像一个病人

一直疼。一直疼

吴素贞 的诗

WU SUZHEN

苍山

最老的人都躺在苍山，最好的
棺木都长在苍山，最高的碑
都立在苍山
苍山和村子一样老
上苍山的人都要自己去看一遍风水
就像奶奶那年，她扶着苍山一直找
最后找到朝阳，坡下有池塘
池塘边有一片梨树林的地方
然后坐下来。苍山仿佛巨大的怀抱
奶奶瘦小的身体一点点沉入
山下的村子
也跟着一点点抖动……

父亲背着奶奶缓缓下山
——多少年，我跟着父亲上苍山
下苍山。只有我知道，一个孤儿
多么希望
再次从苍山上背下自己的母亲

暗物质

橱窗玻璃再一次阻隔了他
只有影子挤了进去。脚跟
带来比天幕更深的黑
街道暗沉如甬道
仿佛光，正一点点遗弃
路边，木樨一次次摁住自己
落叶有着想要的怜悯

依着废电动车
他端坐在水里，冷风掀动钢圈
砰砰作响

“他是唯一一个能拥铁取暖的人”
我低下眼睛，车窗蒙起水汽
闪电一次次探询，裂状的手
抚着所有相似的际遇
四处流浪，他不知道
另一种更坏的天气叫生活，漆黑的身体
经常生出铁一样的暗物质

我们抱紧。像这样的雨夜不取暖
肉身维持着铁的温度

莲花

贞节牌坊的废墟处
三只猫徘徊，黑色的爪子
在断垣上开出黑色的花
它们伫立，回头。整个上午
尾巴弓成弧，脚步若幽灵
保持着对时光的探询
一根蛛丝引领它们来到
断石的底部，我仿佛看见
虚无之处的宅邸
女人们都在睡觉，她们
拼命摁住梦中的浪潮
耻于出口的欲望
——无尽的忍耐犹如长眠
乌鸦敛翅站在古宅朝下看
山村沉寂。这个清晨
牌坊上的断文
给了女人另一种苏醒

我的手因拂拭尘埃有点抖
表述是：
石头里的莲花必将涌过生者

夜凉

她冲我询问，仿佛我有她要的答案
她冲我哭诉，仿佛我有恐惧的去处
她冲我缓缓跪下，仿佛我有上帝的亲抚
她冲我重重垂下头，仿佛负有不可赦免的罪
她是一个陌生老人
旁边的婴儿车空空荡荡
她满头白发
瞳孔发散着少有的淡蓝
她用着我听不懂的方言拦住了我
我有怜悯，不敌世人的恶
我逃跑。那晚，我良心不安
反复梦见自己在无人的大街
如迷失在一个空荡的巨婴儿车

夹竹桃

名字与实物相悖
张冠李戴恰符合了存在论
耳畔传来古琴《良宵引》
我极爱这弦丝之梦
也爱大白天高速飞驰的夹竹桃
与任何桃科都没关系
粉色白色的花堆
我坐在大巴上俯视
呼它为云，为雨
一切都是我随心的物象
大巴若流动的古琴，高速如弦

惟一的知音是沿途的夹竹桃
它在高山处开，流水处开
它颠倒我的视线，令我色盲
引我消隐
我只是个路人，借加速度的流光
惊觉我的存在。在夹竹桃的眼里
我只是件不断被车轮
碾的袍子
我的灵魂尚在一滴雨里
喜欢谬指，拨弦的手把夹竹桃
又命名成凤凰
呼白天共享此刻的良宵

牯岭

一身的坏骨头在牯岭变轻
我们喝着江小白
吃着石耳，红烧白鲷
路旁，桐花堆着刺眼的白
哗啦啦一树的花香
让人闻着漂浮
凡物疯起来，气场就能摄魂
不要命的姿态
我和你谈起张爱玲
这文艺的旺年
像是故意构陷的人生缝隙
不断席卷浸染的骨
推杯换盏间，仿佛山下的一切
都是前尘。无所谓来路
眼前群山着一身美衣
肉体不断破碎
山崖上有一轮明月
我指给你看的是
明月下，一堆新骨等着你修理

母亲

晚年的母亲
反复提出离婚
理由是为自己活几年
她确实很苦，年轻时家如战场
父亲的暴力在语言、拳头、木板
像抽打牛背带来劳动的兴奋
农村男人的荷尔蒙
除了劳动，另一个留给了暴力
母亲离家，不识字
母亲离婚，不懂法
母亲离生，只喝农药
那一年，她喝下整整一瓶
呛人的味弥漫在整个村庄
我跑掉拖鞋，跑散魂
踩着坟地的荆棘猛追
死亡让我寒战
九死一生的母亲让我寒战
年过六旬的母亲让我寒战
她突然任性得像个孩子
反复离家，关机
不断在各个庙宇吃斋，隐姓埋名

她

从身体绵软的地方
取出锐刀
她真的爱上了触觉的快感
锋刃上光的冷漠

挑开衬衫的纽扣
这惊喜与绝望的藏身之地
高耸着废墟与伤疤

每一块
她都羞于表达

生活一再提醒她
可以对自己狠的人
眼前已空无一物
对着镜子
她只能一次次数着
自己用旧了的刀的总和

伍小影 的诗

WU XIAOYING

思念

冬天
我希望我
或全世界
在每天晚上
都有人思念

那些我们如此思念的
爱人和
灯火
如果说出来
他还是会走远

唉，语言落满了尘埃
可我有一只小动物
我在空出来的房子养了一只
小动物
他不需要我的语言

现在以前

早上下来一场雪
晚上等待另一场雪

我发现我
在深夜
只要路走得多
是无所谓冷的

我真快乐
一个人走着
听周围的
寂静。我又经过了
我昨天经过的

我昨天

我在窗前
看月亮
月亮飘起来
超出所有屋顶

我觉得高兴
我是渺小的
且两手空空

难道你不是么
想着我们的嫦娥
她用手一指
可是整个人间

一首旧诗

四周鸦雀无声
有一个人走夜路
她大步
走到桥中央

此刻
月光很好
月光下走着的人也
是很好的

这是真实的
因为真实
讲起来仿佛
若无其事

一张白纸

一张白纸
请你给我写信来
写两个字
你心如止水
写的是夕阳西下
金色头发的姑娘
最后五个谢谢

并且白纸上那些
没有字的部分
太阳一晒就给人
千变万化的
感觉

消失就消失好了

我不是发光的
我没有一双幽幽蓝的眼睛
茫茫星空
我相信我
从未停留过
我只是无端地
出现然后消失
你说那会不会是第一次
我数到4
即看见你的脸呢

六一

那不过是
躲在幽暗中心的
一只房子
小孩揉眼睛
想要到外面去

外面有许多天
有光和热闹
小孩找到了
一种游戏
一种不孤单的
游戏

隆莺舞 的诗

LONG YINGWU

明天，我和我的胸

明早起来
我已经把早餐吃好
把餐具上的油脂洗掉
坐着把洗净的衣服一一叠好
时间
已经留够了
我拿来批评今天的自己
不穿胸罩
出门，真诚地
对朋友撒谎
还把烟头丢给邻居
半掩的门

或许我应该
再给妈妈打个电话
喂，妈妈。
我现在过于幸福
我的天气冷了
我想养条狗
我的
乳房一直没有长大

青堂盛典

一个死人平躺在中央
一个圈，一个圆圆的生人气息
他喝了过多泥土里的水

他们谈到生与死
接着讨论明天早晨该不该喝水
我既不在圆圈里
也不是圆圈一部分
不过我最懂得生与死的距离
当时我还那么小
水那么清澈

卖菜翁

扎紧！
把青菜和西红柿扎紧
萝卜和辣椒扎紧
让买菜的穿红衣的女孩和穿白衣的男孩扎紧
对着来巡视的老婆
把内裤扎紧

卖菜翁今年七十有余
打算去过逃亡的生活
车子，房子
存款扎紧全留给几个孩子
最后一天他进了一车青菜来把菜市填满
这无名英雄贴出告示
今日青菜随便享用不能付钱

飞机飞到半空时早起的人们在菜摊找到
遗弃在地上的收钱二维码
卖菜翁下了飞机
认为逃亡生活已经开始

他把挂在脖子上的手机开了机
滴滴滴的收款振动声立即把他脖子扎紧

只算凌乱

小姨，前天我们商量
要把龙潭的冬天卖给别人了
母亲说她最小，如果我相信
但你又把北方的冷寄给我
我在家里埋一些地名：旧州，人民街
财富广场，环球，连同上面
一共五个。你数数，我会带你走的
北方不算，冷也不算
小姨，这些已经成为我的心愿
那么母亲也不算
再深深一想
我也不算了
小姨，只好你来把龙潭的冷卖掉
春天你再走，但你要一个人

分手渡劫

把手伸进正在热着水的桶里
电流游走全身
你看看
劫难
来了
上一次把桶烧穿
屋子主人正夸我可爱
劫难来了，我就想知道你对柏树下
站着的两个少女
那一对姐妹
空虚又无聊的
都是你的
怎么看

40岁的单身主义者

有人一出生
他的父亲就老得秃顶了
父亲的父亲中了风
你要
要结婚
他狠狠掐掉手上的烟
愤怒地钻进给下一代准备的笼子
结!
结一个给你们看看

给远方的朱先生写信

给远方的朱先生写信
证明我出生了
他如果回了信，应说十五岁
那年来看我
余下的每一天我除了有一个
英气的名字
就努力长到十五岁
十五岁那年
我又给朱先生写信让他
十六岁
再来见我
我把名字改成莺
余下的每一天
我就努力长到十六岁
十六岁过去了朱先生我要
老了，当镜子把你的模样照出来
我给你写信，余下的每一天
我就努力把家常补上
把憎恨补上
把对你的不原谅当面给你补上

和姐姐约好在楼顶抽烟

我们两手空空
手机在房里自己活着
我说也许它在裸睡，约聊，做爱
在淘宝订一箱酒来宴请朋友
姐姐说起结婚
是什么
感觉

你会吵架，然后不再吵架
养孩子要保持爱心
过了三十岁
物质会富裕，心情会好些

姐姐，以后你当了领导
那我也已经是一个大作家

嘿嘿，一说祈祷的话天就黑下来
姐姐领着我穿过
封起的路
去买一包最贵的烟
通过撒娇她得到
免费赠送：打火机，笑容，下次光临
免费的承诺
准备妥当了我们才慢慢走上楼顶
过程中她笑着，接着她哭了
我始终沉默
这妥当的烟
这妥当的生活

贾浅浅 的诗

JIA QIANQIAN

倒叙时光

石楠，是有脾气的树
它不像法国梧桐或是白皮松
把自己长成一根惊木
也不像金桂开出一把折扇

它是压住天空的镇尺
每日只盼流云

它的花，处处是闲笔
却处处有鸟儿停顿

闲来无事可做
捡拾风穿过它留下的只言片语

五月的校园

谷雨过后
每天清晨，我去校园最高的那棵
梧桐树上，从它的窝里
认领两只喜鹊

一会工夫，我就会跟丢一只
另一只落在草地歪着脑袋
掀开一片又一片的树叶
忽然之间又飞上树梢
兴奋地大叫，我猜它一定认识了
棱形、椭圆形和锯齿形

有一次，园子里下起了雾
一样的雨
我背后的喜鹊先是一只、两只
接着错落地在女贞树上鸣叫
有几只落在我面前的荷塘边
在叶片上啜饮
像台下观众忽然置身话剧舞台
它们旁若无人地独白、对唱
那声音也比以往的明丽清润许多
雨打湿了我的睫毛
我和前面的柳树、竹丛都默不作声
毕竟不收门票的演出
不是天天都有

我的孩子

两个孩子像豆荚一样炸开
用笑声黏住彼此
再折一顶乌云做的帽子
追着要扣到对方头上
她们像野兔一样奔跑
像袋鼠一样蹦跳
像灰熊一样打架
像泥鳅一样耍赖
然后像墨西哥卷一样
翻起黑夜四周的边
把自己裹进去
再调好指南针的方向
枕着父母的手臂安然入睡

海边泳池

海边泳池是大海挤出的
一滴乳汁，散发着热带水果的甜腻

更确切地说它是一个塑形大师
凡是跳下去的孩子大人
都被摘了泳镜和衣服
有的成为一只张着嘴的河马
呆呆地望着天空
孩子们则是树上的一群猕猴
还有那些绣着圣母玛利亚
老虎和鹰的文身
也在水池中化作两条接吻鱼

这是夕阳和大海合谋的玩笑
人们又是多么心领神会
像纸牌里的黑桃皇后

芭提雅Spa之后

在喝第二杯花果茶时
藤条做的沙发
似乎把我编织得更紧了

宽大的浴袍里
被风吹落的鸡蛋花
在顺水漂流

鸟鸣声和人们喧闹的表情
被搁浅在远处的遮阳伞上

我什么也不想
此刻，只想舔舔嘴唇
退回我的身体
成为一只水瓶

看海

孩子站在阳台的桌子上
望着海面上的太阳
要给爸爸写一封信
她三岁时，剪着齐齐的妹妹头
穿一件小花的绵绸裙
手里捏着的信纸
被铅笔戳得满是窟窿
风吹过来，像一头海豚
不断跃出海面

那是她第一次见到大海
裸露的肩膀和分叉的刘海
都沾满了渔民的神色

三年后她再次绕到
地球的另一面来看海
暮色下，我看不清她的表情和眼神
那只紧抓我的小手微微有些出汗
她没有再说要给爸爸写信
却问了我一个奇怪的问题
“妈妈，爸爸会想我吗？”

秋

所有的句子，都竖着身子
长成秋天的芦苇
微风中，那里停歇着
草鹭和我即将折断的叹息

清晨

原本，树叶酣睡在
风的摇篮里

却被孩子们惊奇的
目光抚摸醒

初夏

带一瓶
红葡萄酒，给初夏的盛开的清晨
露珠变成醒酒器

那时湖面柔和
有树的倒影、婉转的鸟鸣
还有嬉戏的水鸭

像两株飘荡的水草
纠缠在一起，水面之下
我两腿攀附着你
然后腾出十指
围拢着你的脖颈
把笑意灌进你的眼里

薛贞 的诗

XUE ZHEN

鸽子

散步的人已经走远
两三只青灰色的鸽子
在滨河路上啄食着什么

我走过它们身旁
尽量不弄出声响
它们很配合我的一片好意
神态自若地继续觅食
喉咙里咕咕有声

这期间有一只鸽子
忽的一下飞起来
又很快落下
一切复归平静

向西

除了戈壁
还是戈壁
光秃秃的山
一滩一滩的荒草

不知是稻子
还是麦子
已经到了收割的时刻
田里不见一个农人
她们踮起脚尖
眺望着茫茫远方

我要去的地方
绝对不会是这个样子
我暗暗安慰自己
还好
火车轰隆轰隆继续前行

口粮

我打开窗户时
它们刚好从窗下飞过
滨河路上没有一个人
它们落落大方地站在栏杆上

坡上的青草已经枯萎
田里的庄稼已经归仓
到处都是湿漉漉的雨水
它们将去哪里为孩子们找寻口粮

天气一天比一天凉
它们飞飞停停
尾巴上携着一抹白色的羽毛
像一颗小小的太阳

女儿

有时我觉得
女儿是另一个我
替我长大
替我上大学
替我考研究生
甚至将来替我
找一个英俊的男子

生一对可爱的儿女
我这样想着
把自己放出去很远
唤回来
岁月蹉跎

初夏

漫步于洮河岸边
我只顾侧脸看洮河水
那样阔大
又那样浑浊

蓦然抬头
绿色的山林迎面而来
我一下子不敢呼吸
怕吹走了这一份嫩绿的薄纱
是那种经历了严冬之后
脱胎换骨的绿

是婴儿的眼睛吗
眸子中满是对这个世界
无限的信赖

黑点

天空像一匹蓝色锦缎
不加一丁点装饰
洮河将成堆的珍珠
洒在明镜似的河面

河中有一个椭圆形小岛
野鸭子一家正从岛上下河游玩

远远望去
像一颗颗闪光的黑点
溅起的水花
是河水欢快的鸣叫

空棺

小时候不懂死亡
看见抬着棺木的人走巷穿街
一直出了村子外
幻想他们还会回来
睡在棺木里的人
也会跟着回来

直到四舅去世
亲人们打开空棺
放进小小的骨灰盒
才明白空出的部分
像四舅尚未活过的岁月
还有长长一大截

罗至 的诗

LUO ZHI

关闭车门的声音

我听到停车后关闭车门的声音从另一座城市传来
我听到停车后关闭车门的声音从由远到近的国道服务区传来
我听到停车后关闭车门的声音从我居住的市中心传来
我听到停车后关闭车门的声音从前面的新华街传来
真的，我听到停车后关闭车门的声音从楼底的门口传来

忽然间，我的楼梯出奇的静
忽然间，我的房间出奇的静

声音高度

我说这声音还小，刚满五岁
你说这声音十二岁了，也许更大
我说现在确信，这声音二十五岁
你说肯定不对，明明三十岁不止
我说没有错，声音迈进四十岁
你说判断失误，它已五十岁有余
我说声音渐老，六十岁，不，七十岁
你说老倒老了，八十岁，不，九十岁
我说这是怎么回事，你说越听越糊涂
我说这声音好像刚刚诞生
你说确实是呱呱坠地时的啼哭

乡村课间

孩子们是蹦跳的豆子，散落开来
我腋下夹着课本，手捏一根红色粉笔
径直走进她的宿舍。三分钟后

我的粉笔少了一半，五分钟后
粉笔仅剩三分之一。我对着她的头发说话
声音仿佛朗诵，又仿佛鸟鸣
门窗外的孩子哄笑，我用尽
最后一节粉笔。十分钟后
孩子们一个个大花脸，涌入教室
我在讲台上哗哗翻动课本
流水动听，她的宿舍粼光闪闪

门帘飘飘

门帘飘飘

那个姑娘进来了
带着一只小花狗

门帘飘飘

那个姑娘不停地笑
那只花狗不停地叫

门帘飘飘

那个姑娘出去了
带着一只老花狗

赞美诗

让我吐出全部的牙齿
让每一颗牙齿都开出一朵花
让每一朵花都散发出你的名字

让你美得死！

母亲

那个生我的人
生下我不久就死了
死得那样固执
死得那样绝对
三十年后
重新安葬她
当我和家族的人
从掘开的黄土里
见到她的骨头
白花花的骨头
我异常平静而没有眼泪
看了看四周
冲着骨头
我只低吼了一声
——母亲
所有在场的人
惊愕地发现
原来我也曾
有过母亲

启事高度

刚才谁乘的6号电梯，
乘电梯时带着一把钥匙，
钥匙不小心掉在电梯里面，
电梯停下以后径直走了出去，
不要紧，我拾到了钥匙，
——来我这里找。

一江 的诗

YI JIANG

红色六件套

结婚时买的红色六件套
只用过一次
客人们在厅堂里打牌，喝茶，咳嗽
那一夜我们都不曾合眼

后来我们搬了四次家
红色的枕套、被套、床罩一直
跟随着我们

它们总是占据衣柜最上面的那一格

二十年了，我们的床由乡下木匠的手艺
换成了欧式
一米八的床，我们各自守着
左边和右边

红色六件套，它不适合送人
也不宜丢弃

而我们再也没有一张一米五宽的床
可以让我们挤在一起

习惯

慢慢地你就会长大
再没有任何事情
值得你惊奇

新闻一天天掩盖着旧消息
所有的结果都是一样

你不会再哭泣，愤怒
你明白绝大多数人和你处境一样

你逐渐顺从并且习惯
打针，喂药，关小黑屋
被信任的人背叛

你体内会产生强大的耐受力
三聚氰胺，地沟油，激素，霉菌
你将携带它们长大，打败一切

孩子，你将无所不能
有勇气继续活着
并深深知道——
唯有人心，不可
直视

致

我爱你，在那样一个夜晚
月亮和霜同样又冷又洁白
我递给你一封长长的信

我不记得曾经爱过你
那时候我正困在一场洪水中
也许你刚好出现在我身边
刚好长成一棵树的模样

不，你也许只是一根稻草
可以救我

我记得我从来不曾爱过你
我爱的人已远赴千里
我假装没有人可以伤害我
假装爱你

像繁忙的人把电话设置
呼叫转移

无题

天擦黑，亲戚们开始串门

外婆去树林里捡了一捆枯枝
大舅妈端来一盆血
小外甥去湖里打水——
很久都没回

外公穿上他的木屐
大舅已经喝上了
二舅捂着胸口，一直在咳

小姨带来满身寒气
她不停抱怨
自己的床又湿又单薄

这些亲人，多年前
外婆死于一场大火
大舅妈生孩子时血崩
大舅酒精中毒，胃穿孔
二舅死于肺癌

八岁的小外甥溺水而亡
至于小姨
她走得太匆忙

棺材是连夜砍的
湿水杉

而我。
雾气加浓
我靠在墓碑上，犹豫着
要不要敲门

苦楝、枇杷、梧桐和槐树

乡村里总有一棵苦楝树
站在梧桐和枇杷旁边
它也有绿色的叶子
也结小小的果

由青转黄，像枇杷一样

从枇杷树下经过的人
喜欢仰着头
这柔软多汁的甘美啊

苦楝树站得那么高
但孩子们从不光顾它
有时候乌鸦在傍晚飞来
告诉它一些虫子的消息

一个好的村庄应该有
一棵楝树
（啊，这哑巴树！）
让人们亲手种下自己的苦果

应该有一棵梧桐
你没有见过凤凰
但百灵在这里歌唱

当然，更应该有一棵槐树
允许走投无路的人
把麻绳在树枝上
挽一个结

巴山桥上卖花的男人

美人蕉，茉莉，蔷薇
绿萝，吊兰，铜钱草

该绿的绿
该开花的开花

他的女人在家里
每天都有新的女孩儿出生

男人坐在桥上
桥下的水通向
四面八方

那些总是把花养死的人
一次次来光顾
男人，欢喜，又生气

男人需要为这些花骨朵
找一个有耐心的主人
他提起花洒
他有细密而圆润的水珠

牵羊的女人

在拉萨街头，房屋把落日揉碎
有光的一切都在反光
寺院、岩石、路牌……
一个牵山羊的女人从落日中走来

我们在街角相遇，我不敢再走
她和羊风尘仆仆，不知走了多少山水
羊不安分，警惕地躲避人群

她笑，示意我先走
经过时，我在羊的眼神中看到了千千万万的自己
让人停顿的，总是这些微小的事物

第二天，我在大昭寺拍照
遇见昨天牵羊的女人
她给修缮寺院的丈夫送来一只山羊
她爱丈夫，像山羊驮土的厚重

拉萨河

春风吹过念青唐古拉山的时候
我像走失牧区的孩子，雪还在下

南岸的沙地和枯木，逐渐被大风雪模糊
近处是雪山，我再向远看
白云和积雪中间，有一群洁白的羊

它们行动迟缓，爬过了墨竹工卡县达孜县
在拉萨，它流向了卓玛的身旁
卓玛让我到帐篷避雪，拉萨河的石头有修行的经文

她指给我看，青色的石板凿刻了藏文
一座寺庙被埋在河里，冲到卓玛家的农场
青稞田就在雪里，寒冷让稻草人那么发呆

冈什卡雪山

下车的时候，遇见一位藏区孩子
她的衣袖沾了几根羊毛，正和几只羊羔追逐

我们走近，脸上两块羞涩的高原红顿时
更加敏感，有些害怕生人
一个藏族老妇人从毡房出来
我们走进房子借宿，刚刚那个
害羞的女孩搬来几个凳子

风吼着冈什卡雪山的雪，夹杂了草原的清香
外面还有过冬的羊羔，它们在雪里依偎生长

这个时刻，天空出现星辰
平静如风吹草地，雪落群山
把崇敬俯向大地
把春天关在茫茫原野

阁楼里的神

我走进独院，两棵菩提树的叶子伸出院墙
露在外面的树干，光秃秃的
蓝色的天空以它为中心，和檀香的烟火
远远地遥望。有人告诉我：

这座神来自于尼泊尔，翻越喜马拉雅山
曾停留拉萨，把万千山水和星辉
停留在这张安静的面孔上

这些年安静地被木匠、工匠、石匠、铁匠……
不断敲打布满灰尘的楼阁。和雨后的场景截然不同:
磨光棱角的青石板泛光，四只鸽子落在院里
它能感觉到鸽子踱步，水滴石穿
这是我所热爱的，热爱的还有眼前短暂的时刻:
蜗牛穿过院子，不为鸽子的跳动而慌乱
神端坐在中堂，不为广阔的天地而心动

邬坚林寺

邬坚林寺附近，我看到尘世间
一座普通的红房子，青砖透着光亮
手触碰到时间留在这里的痕迹
经幡密密麻麻布满山谷两侧

鹰翱翔长空，雪落满河边
一个少年骑马而来，他下马
在寺院里点灯烧香，为他多病的母亲祈福
离开时，风吹响四野茫茫的草木

他的马已经走远，像归途中的夕阳
血红色的胚胎中，正分娩出尘世的赞歌

一块朝圣石

往返西藏期间
我多次住在一个名叫派嘎的小村落
次旺拉姆的家就在此地
有一次，我从拉萨下来

冬天的风雪在旷野上撕扯着，低矮的枯草瑟瑟抖动
冷漠的阳光在灰白的乱云中时暗时明
行人稀少，牛羊罕见
世界充满空荡荡的茫然
远处，两块看不清的石块埋在雪里
这是部落送给大昭寺的梯台石
那块光滑的大石头像被牛羊眼泪清洗的神
卧在哪里，哪里就有佛的慈悲

群山之巅的鹰

雪到这里就停了
再高的国度是鹰的领域
一群鹰盘旋在群山之巅

它们徘徊在上空，无法辨认是哪只鹰盯着我们
可是，其中一只衰老的鹰翅膀破烂
抖动满身的力量靠近鹰群

我能断定，当暮色接替大地
它们消失在云朵，只留下一双双群山的眼睛
黑夜里闪烁着神灵和大地的光芒

一把刻羊的藏刀

草地绿了，天空的云朵太低
大地上吃草的羊，天空飞行的羊
无法预料，那只是这把藏刀雕刻的羊

金银漂亮地蕴藏这只羊，浑身健硕的骨肉
镶嵌在刀身，锋利的犄角和寒冷的刀尖融合
触碰着这只草原奔跑的羊

这把刀，这只烤全羊
如果西藏的神太多，那也只是相互看一眼
和背水上山的喇嘛一样，他的眼神目空一切

玛吉阿米

我在玛吉阿米，遇到很多美丽的姑娘
她们坐在街道晒太阳，摆在身前的饰品
像是那个神秘僧人馈赠的信物

月光照在玛吉阿米，姑娘走下楼阁
月光照在玛吉阿米，姑娘走上阁楼

太阳照在八角街，请留意一下
如果不小心看到玛吉阿米
请你叫一声“玛吉阿米”

北纬七十五度

黄昏
云霞好似晾晒在后院的衣衫
风舞芳菲
徘徊来去
抬头
前路永不凋谢的
是亲切的勺子般的轮廓
黑暗中涌动的杉林
坠满皑雪　企盼着
流星跃入冰封峡湾的壮阔
默契缓缓流动
随着赫拉的嫉妒
上升至遥远的北方天空
隧蓝与乌涩
无法触及
两颗炽热的心拉开了距离
从某一个被模糊的指针开始
倾谈笑语
缩小成显示屏上机械的绘图符号
小数点般被省略的记忆
与悠长的问候
和缓地冲洗
喷印为统一丢送于邮箱的俳句
无须相互提醒
无须道别
风雪阻隔了出城的山路
我沿着北冰洋峡谷的雪松林
行驶了一圈又一圈
当你不再想念的时候

时空便落入了
变幻莫测的瀑布冰凌
浓烈的紫色浆果里
肖邦停止了演奏
将夜曲的琴谱徒手撒入
一片无限靠近
却永生孤独的白桦树林
木刻的猫头鹰在枝头流下
蜂蜡雕琢的晶莹的泪花
我们深眠于茫茫雪海
仰首迎来
北纬七十五度迈入极夜的冬至

地平线的意义

夜行动物还未脱离哺乳，
便只身蹿入
雾野的迷宫；
寺钟还未敲尽红尘，
便将一身经文
铭刻。
未来在地平线上闪烁
当你到达的时候，
它早已攀升至你的头顶正中；
不断涌现的未来的光辉
在山隘、大海
与荒漠的晨曦间
交替出现，
敦促着行进队列永无止境地
追寻。
有什么意义是如钢铁
与磐石一般坚固——
钢铁
在炼炉中熔化

滴水凿开了坚硕的洞岩；
审慎的木匠静止在尚未雕刻完成的
梯田，
橙褐色的光晕
人们肃穆地注视——
乌鸦翻转灰色的双翼
腐朽的一瞬间，
讲述的意义徒劳睡去；
唯有记忆在时光凋零的落叶里
聊以慰藉，
滋抚
进行曲中永恒的
悲怆旋律。

牧羊少年的行吟诗

面纱飘荡于白桦树林
安德洛墨达与珀修斯温情对望
海风沉默着你的樱唇
少年沐浴着月光殷切地遥想

秋季的花径徘徊于
麦黍的清香
一阵阵
悸动的心思
在矜持的密林间缭绕
抖擞着金色毛发的雄狮
窜入栎树的丛影
清澈的针叶
发出浓密又凛冽的铙响
鲁特琴
悠扬着层层山色的缠绵
少年的心跳充盈着夏季槐树的白色蜜霜

羊群安眠
湿苔上的蘑菇崭露头角
崭新的世界
木屋的廊檐滴落下
透明的雨露
倒映着少女的侧影
于纱幔中舞蹈
飞萤中摇烁着朦胧的烛光
一只箩筐里
载满了翠郁的甜菜和娇嫩的浆果
白天缝补的裙衫搭在竹椅上

室外
少年仰起双臂在水潭与磐石间挥舞
鲜荧的月华
推开了云朵
宝蓝色双眼的黑豹摘下
海风中的葡萄
夜蟾与狐猴啾啾鸣啼
少年吹奏牧笛
将朝阳唤醒：
当黎明拉开东方的帘幕
我就要走向你
我欣慕的恋人
对你吟唱
这令人悸痛又沉醉的古老乐歌

收音机

断续的和声在二十年古旧的收音机中穿梭
听
有人在钢丝上舒展地翻筋斗
有人埋入锅碗瓢盆的琐碎中嘶吼垂头
雪花般的磁轨将所有互不干扰的

遗忘打散
再相遇
陌生的面孔气宇轩昂
好似蓝色铁皮盒上贴满的磁片
装腔作势地在距离间沉默

那一年地震
他手中握着收音机
爬出钢筋水泥瘫痪的废墟
他失去了家
与相依为命的妈妈
被接走
离开熟悉的土地
远亲声泪俱下地将他抱在怀里
夜晚他时常做梦
回到了温馨的小家
妈妈亲切的慈容那么温暖
她的手还是那么的厚重——
生命有了这份依托
他再也不会在面对世间的恐惧时惧怕

他并不知晓让他惧怕的究竟是什么
如果说恶念是善意的缺失
是对时光之矢的抗拒与敌视
那么首先被无端的命运攫取了妈妈的他
无法平复的怀念
是人子之善
还是伤痕之恶
他时常感到
自己好似被剥离了豌豆的绿荚那般
被时光遗忘了
周遭的人们开始忙碌
他明白冷漠
绝非目的
而生活必须向前延续下去

梦境从黎明游走到傍晚
门口的板栗树下
他看到妈妈稍纵即逝的身影
她在微笑
又或许在哭泣
跋山涉水
他回到了重建的家乡
独自站在窗台上
栏杆外触不到的绵延山峰如他无尽的
怀想
无法捻熄的愧疚
废墟中托起他笨重的身子的
枯枝般的手掌
于苦涩的风中折落
他从她血迹斑斑的口袋里翻出了
被压碎的收音机
旋钮卡壳了
承诺似乎没有意义
他依稀听到一阵悠悠的扬曲
是妈妈在呼喊迷失萧疏荒径的他
于暮色中回头
她的声音好似有一番和煦
又有一番苍凉

蒲公英的誓言

将嘴贴向马匹
油亮的咖啡色鬃发
唇颌机械地重复着一个咀嚼的动作
挣出眼眶的神情急切地探索
一种爱情
由冬转夏它自我证明

彩虹旋转着缤纷雨点
未知因果的花豹
向高砌的石墙冲撞
黑色的符号
与鹅毛般的籽实
湿润的神谕接踵显迹——
驼鹿的尸骨曝晒于凛冽的季风
惊惶
刺破了冷峻的苍郁

雪国的国度
玻璃雕塑陈列在大道两旁
钴蓝闪现着荫绿
树莓滚落下
桦木打磨的卡萨木杯里
碳屑随炉火飞跃夜空——
静谧的璀璨的
露娜在微笑
一棵树伸开怀抱拥抱了自己
脚下
幽亮的天幕泛起波痕
褶皱的
那是鱼在海浪间追逐落花与冬雨
淡然的冰雹锤打
一朵蒲公英的誓言在春季
无谓的欢喜
与那些翘首的企盼
拾掇在香炉里
袅绕盘旋着
一首缠绵的俳句
几何拥抱星辰舞蹈
青衣蹚过梦川
灰飞烟散
徐徐路过时间的札记

郭红云 的诗

GUO HONGYUN

窸窸窣窣

又下雨了
或又起风了
推开窗子
试探性地伸出手
似乎要接住点什么
更深人静　一些
窸窸窣窣的声音
会混淆你的视听
针尖似的小
缝补一样的轻
总觉得有些什么
趁我们不备
始终在对这个世界
暗自用力

老相册

册页不多
薄　且粘着
需用指甲
小心翼翼挑开
一些照片抽掉
或遗失了
像穿习惯了背心
一旦脱下
身体上便保留了
形状和印痕

有几处很明显
空的时间长或短
一眼就可以辨清
足见岁月
是有层次的
空白也有新旧之分
所以空白不是空白
看得出来
有些谁
曾经在过那里

夜色

一日极短
有时觉得
它是硬塞进来的
不知源自何时
如一个人
兴高采烈之时
无缘无故
就充满忧虑
心已远走
不知沉浸在了何处
高楼林立
站得久了　难免
跃跃欲试的冲动
密密麻麻的窗户
一格一格的抽屉
恍然是对某种
景象的模拟
你看星光如钉
你看夜色如锈

一束头发

隐约记得
夹在了相框的右下角
临时起意剪下的
她刚走不久
不白
还不到白的时候
母亲极少留影
那时身份证尚未普及
照片是从全家福里
裁分出来的
小　放大以后愈显模糊
我深有体会
当你竭尽全力去
追忆一个人时
你是记不起她的全部的
只能是哪个动作
哪句话……
如今每每想起她来
远去的回放中
仅剩下了那么一束
下落不明的头发

票

凌乱的　破损的
半新不旧的
恍然一张张疲惫的脸
大多是随手搁下
被她拾掇在一块儿
日积月累
已有小半个抽屉
车票　船票

少量的机票
五颜六色
不同的方向与日期
那么多的地方
折叠在了一起
小人书似的
有时看看
别有滋味
好像走过的路
掉转头来又牵扯上了你
发生过的事
允许从头发生
可以反悔
可以重新设定
生活也有奔波不动的时候
慧春用心
留了一手

回声

碰壁以后
那些声音会原路折返
原路也是去路
去路也是来路
一部分散失
一部分将回来
偿还给你
就像一封信
寄出满满的字
接收时笔迹已破损
我喜欢张开双臂
在群山之间
身体不能到达的地方
呼唤能

呼唤不能到达的地方
还有什么又能
我喜欢听那回声
自问自答式的交流方式
远甚于促膝

到哪儿了

问到哪儿了
女儿答不上地名
随后发过来视频
一段冗长的铁轨
在镜头里延伸
从窗沿上看开去
远处已有灯火亮起
星星点点地抖动
不知是风的缘故
还是疾驰所致
是意欲拼凑
还是已然破碎
列车像一个人
兀自加快了语速
不管你听不听
和听不听得清楚

蝉鸣

听过多遍了
一进入夏天
就沾染上了这毛病
醒和睡
出生和入死
需要一首激越的歌

来帮着完成
似乎不这样
昨天与今天就无法衔接
似乎仅止这样
才能给重新开始的一天
定下一个调子
从声音上你推断不了
有多少只蝉在叫
仿若一枚枚钉子
斑驳的锈迹
被反复擦拭
企图还原出真相

陈朴 的诗

CHEN PU

远与近

远山不远。只需一只白鸽
借我一双翅膀。
威尼斯不远，我站在地球仪前
伸出一根小拇指，就可搭起一座桥。

平衡术

两个孩子，在跷跷板上
寻找平衡。卖菜的老农
在一杆秤的高低起伏中
寻找平衡。人世苍茫，无辜的草木
不知太多的暴力、宿怨，都是
因失去平衡而起。一个走钢丝的人
对平衡术掌握得最为透彻。
只是走钢丝的人，失去平衡的时候
面临着跌落。内心膨胀的人
失去平衡的时候，眼里尽是悬崖。

对抗

我一生，都行走在
对抗尘埃肆意飞行的路上。
尘埃且置一边
更多的混沌物充斥在人间
只有显影液，可以使猛兽
原形毕露。只有善于对抗不公的生命
分得清，禽是禽，兽是兽。

只有鸡，知道黄鼠狼
不会成佛。

简单

一年级数学老师说
这次期末考试题，很简单。
驾校教练对新来的学员说
其实开车很简单。没有一个人
想生活在一种复杂的生活环境里
就像狐狸、老鼠、壁虎、蜥蜴……
没有一条尾巴是多余的。我喜欢的东西
也很简单，就是在日落西山前
抓住炊烟的尾巴。

幸福

绿草如茵，鲜花簇拥
一个在轮椅上坐了二十年的老者
一直用泪水，浇灌着这片对他
始终不离不弃的草坪。
他的眼里没有蓝天，也没有白云。
他的耳里没有哭声，也没有笑声。
他的心里没有黑夜，也没有黎明。
他的嘴，一直在不停地哆嗦着
活在人间的每一天，都是
幸福的一天。

我喜欢走在夜晚的河堤上

夜晚的风
喜欢无拘无束地

游荡在城市里蜿蜒的河堤上
送给别人凉爽的同时，也送给自己
畅通无阻的自由。
大街上，霓虹灯和汽车尾气
同时加剧着空气中隐形火焰的重量
天空里，楼挨着楼
地面上，烧烤炉挨着烧烤炉
只有远处的河堤上
情侣挨着情侣的肩膀
走在一块地砖挨着另一块地砖的小路上。

年关

加油站的汽车在排队
超市里的购物车在排队
出租车司机
大多回家过年去了
马路比平时宽敞了许多
年关将近
街巷的小面馆都关门了
饥饿的肠胃，逼着馋嘴的人
抽出懒惰的双手
走进厨房
打开了天然气阀门。

生日诗

说年轮又增加了一圈
有点太俗了。
说腿往黄土里又陷下去一尺
有点太土了。
说蛋糕上又多了一根蜡烛
有点太烂了。

生日，是唯一一个自己的节日
本身就是喜气洋洋的
任何祝福都是多余的。

多年以后

多年以后，当树上的叶子
和我的牙齿全部掉光的时候
我还会记得，以前的每个傍晚
母亲在厨房忙忙碌碌
父亲在屋后的空地上劈柴的样子

多年以后，我知道我已经
不会再像以前那样
时常对父母吆喝，怒吼，说三道四
只怕那时候，我已追悔莫及
父母也早已
跟随爷爷奶奶而去

邱红根 的诗

QIU HONGGEN

陌生人

在宜昌到武汉
D5854号动车第三车厢上
这么多人，我一个都不认识

在武汉火车站南广场
这么多人，我一个都不认识

在飞往沈阳的
DR5302号航班上
这么多人，我一个都不认识

这么多人
他们有各自的生活
他们，都和我无关
想到这一层就有点悲哀

是的，这么多人
对于我都是陌生人
他们不会关心我的来去
也不会在乎我的生死

局限性

身边游过的鱼
它一辈子就生活在这小小的池塘里
这是鱼的局限性

神农顶上的鸟

它一辈子就飞翔在神农架里
这是鸟的局限性

我的局限在涂邱，在宜昌
它们一个是我出生的地方，一个是我生活的地方
我无权选择
如果不出意外
我也将会在这里终老

我们活着的都是有局限性的
而云没有局限
多么令人羡慕啊
看吧!看车窗外的两朵云
它们舒展，握手，拥抱，接吻，最后融合
它们那么自由
它们那么相亲相爱

好苦

小区的翠菊花开了
只有一朵。尽管热烈，面向太阳
望着它
我嘴角好苦

中午的苦瓜炒肉丝
青色碧绿。清香泛滥，充满诱惑
想着它的名字
我嘴角好苦

多多回家了
失去了多多陪伴，狗狗欢欢忧郁寡欢
想着她
我嘴角好苦

最近“失眠找上了门”
我不能看、不能听到一些成单的东西
甚至不能读
与孤单有关的词语
我心里好苦

望星空

这是不是北斗七星
我顺着你手指的方向
一、二、三、四、五、六、七
你一边数着一边比画

七颗星星比周边的都明亮
排列得像不像一把勺子
我看见你画画的手
在空中勾出的
的确是一把勺子的模样

可怜的天文知识
让我不置可否
何况新雨后并没有月亮
何况在南津关大峡谷
头顶的天空能露出的
只是冰山一角

我有多长时间没有望星空了
我们有多少人
对从不索取的天空一无所知
我们有多少人
被纵容娇惯
习惯了它无声地照耀

删除

到处浮动着野花的暗香
果子坠落，俯身成为泥土
一只乌鸦，冷不防
从树枝上弹起，迅速远离
仿佛我的前世

拔草，寻路，上山
脚底下是腐乱、松软的泥土
踏上去，有点不真实
恍若隔世

磨基山，太阳的光斑透过层层树枝
将我羸弱的身体轻轻覆盖
连同积怨已久的时间

秋深了，一阵风
删除所有枯黄的病叶

俄罗斯套娃

打开一个
还有一个
仿佛永远没有尽头

都是一副俄罗斯女孩的脸
尽管她们长相不同
形态各异

一个，是对另一个的模仿
一个，是对另一个的继承

一个，在另一个的肚子里
一个，是另一个的缩小版

除了肉体
仿佛也继承了灵魂
在哈尔滨
我总迷惑于她们遗传的精确性

不允许篡改
也绝不允许变形
它们的哲学
永远体现在小一号里

龙华寺旁的许愿树

隔墙听经。这长久的
坚持，让一棵普通的树
获得了灵性

结缘的人从四面八方
涌来。在树丫间系红绸子
然后把满肚子的话
偷偷地说给树听

难以一一满足
承载了太多俗人的愿望
这树，早已是不堪重负

而佛，端坐在隔壁
不发言，不表态。他们似乎
对凡人的幸福漠不关心

父亲的坟

春风覆盖了一次
蝉鸣覆盖了一次
落叶覆盖了一次
白雪覆盖了一次

昨夜的梦中
泪水覆盖了一次
疼痛覆盖了一次

他们提到的那个人

他们提到的那个人
每天清晨沿村后的河边走
他穿白色的衣衫
头发凌乱
眼神忧郁但清澈
他总是从村东头的那棵老柳树出发
到村西头的一棵洋槐树停下来
他来来回回地走
眼睛始终望向对岸
他不说话
他的沉默让一条河安静下来
岸边的野花也因他窸窣的脚步低下了头
风轻轻吹落他头发上的草叶
但吹不掉拖在他身后长长的影子
他们说到他时
眼睛总是红红的
他们说他是个苦命的孩子
他的母亲刚刚搬到对面的山坡

坐坐

从我家，一直往西，三里路
是我的另一个家
我父母的家
那里还有爷爷奶奶二叔二婶和大姑
每次散步，我都会路过那里
有时我会去坐上一会
过节的时候，我会带去烟酒水果和纸钱
但大部分时间，我只是坐坐
把自己带过去
把想念带过去
有时我会朗读我给他们写的诗
但他们都不说话
他们有时通过风
有时通过坟头的草
把情绪悄悄传过来

槐花

这只慌乱的鸟不是我，我只是在它的鸣叫里
这阵悲伤的风也不是，它只是动用了我的喉咙

这个放学后用细枝条涂鸦童年的孩子不是我
这个在夜晚里悄悄升起白月光的少年也不是

这个站在树下独守等待的白发人不是我
这个在思念里急急赶路的黑衣人也不是

这棵站在旧屋前摇碎斑驳的老槐树不是我
只有它顶着一头白雪的时候才是

保证书

不去暮色的河边，不去荒僻的草丛
不让回忆的河水打湿仅有的鞋子
不让冷风吹散自己的骨头
月亮不在的时候出去走走
不愿看见自己孤单的影子
穿行于夜，比夜更黑

不远离旧址
不丢弃那把锈迹斑斑的钥匙
不修剪藤蔓，不打断鸟鸣
不让远方的来信找不到寄收地
不让深夜回归的人找不到家

不远行，不做多余的梦
在一株植物的内心安身立命
不束缚花香，不结怨仇人
守在一面蛛网里，静心等待

疼了，阳光下坐坐
痛了，升起心中烛火
想念的时候，就让一首诗去完成

故乡

要有一个古朴的村落
要有蓝蓝的天飘着几朵白云
要有一望无际的草原
和流淌着的一曲曲牧歌
要有一排排高大的白杨树
和白杨树上一个个黑色的鸟窝

要有池塘边走来一群笨拙的鸭子
要有打麦场上几个捉迷藏的小伙伴
要有田间小路上几个荷锄而归的农夫
要有炊烟绕过屋舍
要有新雨催开几瓣桃花
要有丝瓜花喇叭花爬满篱笆
要有母亲微笑着坐在门前的椅子上
编织毛衣
我才肯承认

闫今 的诗

YAN JIN

半只梨

复杂。我爱。我，一个个的碎片的我，扑向
你的车窗。你亮如白昼，享有白光中绝对的清醒
复杂。我的复杂是，后天我要离开，到达。到达
请，解释我的复杂，请看出我:我从你的视线外
飞过。从你的视线内飞过。从你的车窗外……
但是，你不会。半只梨子在我手中，在我的筵席上

胡马

“为什么仍需有另外的折磨”
胡马，回你的北方去吧，我不要多余的欢畅
看你两地奔波多辛苦，带上我，带走她。自然地
过来，和回去。听我说，你跛脚的样子真让人心疼
新一轮的黄昏，死而复生的人
拉杂摧烧之。摧烧之，任你从悔悟中出来，双眼
饱含哲学（无妄、无畏、无愧）。东有好女
村庄难久居，绿气出东门

在驶向姥山岛的渡船上

昼色凌水飞行。“其下，起褶的湖，少女揉皱的床单。
她的短发——闪光的星群四溅。命运和湖！”
可是我喜欢他六指的手充满谎言，他儿童的眼睛。
诗人，快停止驱向语言密林，扬起花椒树的阴影作帆
一寸寸越过岛，丘，空无。越过湖中浮木——水鸥，
爱神之鸣禽啊，请指路，我来束发。为炬

从绿色森林中穿过

长途汽车行驶在夜间的公路上（酒店标牌
构成的绿色森林），车窗外洒满了星星，
提到满。同行的一个小朋友说，
“房间里堆满了盒子”他八岁，知道什么是满？
也如此刻，我的野心之内:几十层堆叠的星星。
这就是满？晦明不辨，方形的星星和
令人舒适的满。膨胀后被克制的欲望的满

蚕山

无意识地渴慕伸进罪恶，晚间我，渴慕长河
我的根要向上。向上，星空，把你嵌入河水的那一面
如数揭去，我生出的一切危险，如数揭去
向上，三层蜃楼。那里原被称为恶的、不可原谅的
将被饰以治愈的荣光。曲子、香气，丝绒般……
我已升高，时有歉意涔涔
我有蚕山，纨绔披纷

记一月二日晚小雨

街头银杏陷入作茧和突破并驱的迷窟中，中有报应
白无血丝。暗夜猎犬跳过无声的琴键，对我吼道:站住！
你爱的那人已僵化为石，障碍显现并浑然横陈。此风
此水，皆另辟蹊径走往确切的自欲客体，密而微的
小猎物。你如此打磨，如聋如哑，伴随着触摸和涨潮。
初次合拢体验，隐形的面貌皆如谎言浮上阴雨无穷的表面

在此时，打开我

我迷恋你俯卧的身体仿若仆碑，皮毛的丛林激流过境
你的意识完全地苛求，捕捉且感受我，你的四肢如桨扑打

水面泥黄，没有目的，毫无节奏。我迷恋你暴露着怯懦的
眼睛，仿若深夜独穿墓地，你的喉结和舌头缠住野蒿
滋生数种毒蛇，抬起微弱的它独有的脉动。在此时打开我
像被牙齿咬开的啤酒，以乞求的神色充盈泡沫流干的空虚

蓝调:暗室里的窗帘

通连着你歇息的湖脉，我在这里。垮塌，灯光交谈，交换
投射到浴缸中（低声恸哭）。几百公顷的浩淼之一，幼女
沾满泡沫，积水和影子。缺陷和试图挣扎，把控你的爱慕
我对“知其所以然”日渐失望，身在暖室的人，起身时也要
跺掉靴子上的雪，搓手哈气。好像从不存在（活生生的
罪恶念头，眼睛之后的眼睛）。好像这样，我们天生般配

要，噬咬

你摧毁我就做我的帽子，亲近我就成风。壁炉倒在
暖扎扎的蒲公英丛里我要，三十岁。要，噬咬。刮擦声
丝丝切切，手掌的浮雕划过，腻动，一大群失语的蝙蝠
伙同闲人规劝，自散（纠正不得且无他法）。你记住
驼背而非细白的肉，没有衣物蔽体是“每一朵玫瑰”的贫穷
行进中，危机绽裂。暴日下的拱门不能按捺（任谁也是）

长山路桥

在早晨的七点钟，十五路车驶过长山路桥。浓雾拂动
阿根廷的忧郁之花，从我醒来开始，此句定语频频朝我
闪现。这是三个正值青春的少女，淮北市民（此时就
坐在我旁边）。或者只是皮扎尼克，她的语言播撒各处
而她本身沉默如谜。更远处，田畴上作压制用的坟头
筐篓般机警，以呼应那些流动在稠密记忆中的深绿色群蛇

许敏 的诗

XU MIN

从低处漫过

暮色低垂。日与月，一个在东
一个在西。风从背后吹来
一些衰草和树屈服
在小团山，这是我第一次认识
柘树，千年矮，还有
“海伦的眼泪”（百里香），在坡地
你割过青草，扯过猪秧
星辰的微茫，你也仰望过
一些米粒大的小花，兀自摇曳
不知所终。这时，我就想起
乌桕，和一种叫“洋辣子”的毛虫
母亲用乳汁滴在我的痛处，乌桕树
总是孤立一隅，把枝杈伸向天空
使我想起几欲坍塌的信仰，想起
乡村的老宅，想起祖母，想起
乌桕脱光所有的叶子，小小的
白果子担起霜冻，想起情感的疤痕
寒风从低处漫过，膝盖沉重
有锯子一截截地把你锯短，再随意丢弃
天黑下来，马灯漏出微弱的光
你身边堆起一只只蟋蟀的空酒瓶子
坐在废弃的采石场，像合上一本书
那样地关闭记忆，心痛的世界
通过一枝乌桕，又慢慢地回到了眼前

冬日祭

在棺木盖起之前
门前与山坡上的薄雪都化了

一对山羊的母子就卧在低洼的阳光下
水仙花在室内开放，介乎明媚与端庄之间
不会再有严酷而巨大的命运
将你背叛，不会再有掘墓人从骸骨中钻出来
喊出谵妄之语。也不会有青草
屈膝跪下来，拥向那座新坟
那些草本的、木质的肉体都很安静
你推着一辆破旧的自行车，沿着河沿走
天气晴朗，你完全不像一个送丧的人
那些飞鸟走兽也都慢了下来，冷冷地
瞥你一眼，一个人的灵魂
可以携带属于自己的那盏灯
升向天国，无论世界多么喧嚣
一直保持灵魂的干净，像这个冬日
惟有死亡能够带来安静
你在寒风里写下最珍重的文字——
白雪，村庄，亲人和墓地

寂静的呼吸

湖水在窗外挂着——
又美又宁静。天空倾倒蓝色的漆桶
杂树，新枝轻拂，对着你轻轻耳语
又像是在用舌头挽留；越过苇尖的风
忽然就止息了。你见过一个人像叶子
颤抖么？在比夜更嶙峋的暗夜里
也许我只是一个多余的人
一摊废墨，在草木的内部——
在万物陈旧的伤口里
夜色的湖边，你的脚踝裸出水声
银质的，我相信命运的吁请
这湖水，这流年，这物是人非
没有更多的雨水缝补罅隙
生活将我卸在这一站，一盏盏街灯亮了

望着远去的班车，感觉身体像沙漏
正一点点地逝去，在暮霭的雨水里
在春夜缭绕的寒气中，没有起点，也没有终点

秋风不紧不慢

抬头，你看见静止的天空
有长河的幻影，无处藏匿的飞鸟
翅膀擦过烟尘，像流浪的艺人
将盛大的秘密暗锁于心

寺院的钟声，抱紧晨昏
又一次次地解开聆听的耳朵

秋风不紧不慢，万物低首
一副赎罪的样子，那些被碾碎
沉入泥土的血肉，像个哑巴
一声也喊不出来

山河依旧，大地上的生灵
都在一只巨大的鞋子里行走

晚安，菊花

天凉了，找一片向阳的山坡
坐下来，醉酒的白云，少有离别的痛苦
不宜栽种，有着短命的花枝

鸣虫，也是一副宁静致远的样子，
只是，骨骼微僵，所剩的光阴不多
溪流，有几粒小鱼的心脏，它们
跳动了一下，又跳动了一下，而落叶

睡成斑斓的猛虎，把寂静压在身下
长空，时光缱绻，从者如云
一行大雁，几成沟壑
它们奋力，奋力，再奋力，像你

空翻的手指，抵达幻境
秋风的明镜，现在把戒尺
交给了流水，一条大河，看上去很美
晚霞的经卷，留住体内的白塔
菊花欢喜，不再让人担心

中年漂流

岁月有从容之美
中年犹然，但有尺度

一场暴雨，洗净心中
一山一石，一草一木

舟楫穿清流，过巨澜
是侍佛的老虎，跳跃难驯

在是非难辨的模糊地带
也有自己独到的评判

尘世是宽阔的，也是斑斓的
有着刺目锥心的诘问

但是事物本身很沉静
进退，迂回，有几处闲笔

一种深入骨髓的凉意
弥漫，暮色如晦暗不明的斑岩

心亮自明，无需秉烛，也不再
用头颅撞墙。三月的雨水，体虚且胖

用嫩芽，深入电闪雷鸣的云层
破译一整座天空的密码

我有故友，突然离去，他说大梦先觉
此生不再苟且，只想安静地做个蛋糕师

空倒影

群鸟不来，夜之湖水涨满
你在堤岸上放置梯子
引领星辰一步步地走向湖心

水缓流静，你守住清贫的时光
一生不负债务，湖水也守住自己的魂魄
距村庄十里之遥，引清风小住

群鸟不来，蝉鸣加深了寂静
年过不惑，你的体内还泛滥着道德的情欲
湖水的气息穿透你，你珍爱自己的心脏

现在，让我们一起
在俗世里谈论群鸟与湖水
在湖底与星空的平衡里找寻张力

湖水缩回自己的手指
你背影稀疏，在天堂的边缘饮酒
一生的际遇只有湖水与群鸟看得真切

宋心海 的诗

SONG XINHAI

没来得及拥有官名的孩子

回老屯，听人们喊我小黄毛
他们从背后喊，迎面也喊，扯着嗓子
一声接一声，喊……
这多像喊一条土狗啊
我的小名，原来一直躲在这里
这么多年，我把那些淡黄的、苍白的
柔弱的，一根根，焗好，藏住，掖紧
生怕它们露出来
从公社，到县城，到哈尔滨，再到北京
记不清，这些年我染了多少次
记不清，多少次想听一声
这亲热的呼唤。也许有人喊过
我却没回。我怕一答应
会醒来，会流泪，会傻乎乎
退回到王太玉屯的田野里
成为那个，还没来得及
拥有官名的孩子

我又一次变成沉默寡言的孩子

我的胃，是酸菜汤的故乡
她愿意在酒醉的早晨
接纳本属于她的酸涩，她的盐
她的白菜，她的
飘着一小片白肉的汤

一次次，我那样坚决地打破
粗茶淡饭的平静生活

胃记得，那一个个
被用力拉长的夜晚，记得
我的大呼小叫，疲于应付
我吐出的五脏六腑
她只是被动地接受好酒好菜

一个酸菜汤的早晨，总会如期到来
阳光也会流进我的食道，我的
伤痕累累的胃
我又一次，变成沉默寡言的孩子
又一次，抬起头出门

怕丢的母亲

夏天的一些日子
用来跟紧年迈的母亲
怕她走着走着就不见了

更渴望走着走着
就走回她的身体里

好像我真的一直没有生下来

好像我们真的
谁也不会丢下谁

正午的小小鱼馆

在时光的咽喉里
有一家小鱼馆

正午的阳光
煮沸了中年的流水

三个男人的心
在舌尖上决堤

他们的口腔里
挤满了七里铺的小鱼儿
一条一条
往出蹦

我和风都是这里的仆人

沙土质地，四腿镶石
随季节的轮转，它变幻着颜色
只有风不变

只有坐在这地里
才会放下满身的刀剑
看王太玉屯的起伏辽阔

家乡的山冈，最安稳的座椅
每次临水而坐，都感觉
进入了一座宫殿
我和风都是这里的仆人

大哥的苹果

大哥从来不吃苹果
他见到苹果就躲
很害怕的样子
当兵的时候
几个战友硬往他的嘴里塞
牙挤掉了一颗
他把带血的牙吃了
也没有吃那个苹果

一转眼，大哥去世几年了
临终的那一刻
他也没有吃一口苹果
我妈说，大哥是爱吃苹果的
但是他不敢吃
尤其是别人给的苹果
他怕还不起
我妈说，那些年日子苦
吃不饱也穿不暖
大哥从来不爱说话
他把自己的心当成苹果
生生地，咬碎了

对梦的感激

小时候怕鬼
脑海里勾勒他们的样子
红嘴绿下巴
吃人不吐骨头

老房子里午睡
梦中——
有人开门
走近身旁，看不清样子

他只顾自己说话
不与我交谈
听声音是我的大哥
在一遍遍重复
出门，要注意安全

我不愿意睁眼
想一直听早逝的大哥

唠唠叨叨
我还有一丝恐惧
但深深感激
这梦的幻觉，痛的真实

母亲的手指在哭泣

有时会隐隐灼痛
特别是深夜，会怀疑
大拇指断了

有时会从梦里逃跑
拎着血淋淋的手指
放在嘴里狠命咬一下

去年七月三日
我们去看大哥
看着烧纸钱的母亲
我忽然发现
她的大拇指烧掉了
二拇指正在
哭成泪人

诗歌地理

Poets Geography

黄 斌 作品

夏宏·黄斌：在逸出的路途上返身的诗人

周瑟瑟 作品

陈亚平·每一个诗人都在改变语言

黄斌

黄斌，1968 年出生于湖北赤壁市，现居武汉。1993 年获《诗神》全国诗歌大奖赛一等奖。2005 年与武汉一些诗友合作，编辑诗性文化读本《象形》。诗作散见于《诗刊》《十月》《天涯》《诗歌月刊》等刊物及诗歌选本。出版诗集《黄斌诗选》（2010），随笔集《老拍的言说》（2016）。

黄斌作品

代表作（10首）

蒲圻山水志

山水才是最终的依托　我欣然
行走在雪峰山与双泉村之间
像保守着一个秘密
一路体会这偶然感到的悠长同化
抬眼　群山拥抱着天空也拥抱着空无

春鱼

春鱼　是我老家赤壁市新店镇独有的鱼
它们一般只有一厘米长　一毫米宽
在春水中游动的时候
像一小根一小根透明的藻荇
随风飘动　头上的两颗小黑眼珠
像两粒尘埃　每年桃花汛起的时候
它们一群群从长江游来
在蒲首望夫山下的涧溪中徘徊游弋
阳光可以穿透它们的身体
内脏和骨刺　都看得清清楚楚
虽说是这么弱小的生命
但在水中　它们是自由的
也是集体的合群的
它们和水似乎没有分别
像同一种物质　如果不仔细看
它们就是水面上的一个个细小的波纹

中年识见

我曾经体验过很多美好的事物
有的甚至已经都忘了

现在有时突然想起来其中的一件
像把那种独特的美好
又重新经历了一遍
当然　我也经历过很多沮丧和
痛苦的事情　有时也会感到
被重新束缚于其间　我想
这就是一个感性生命普通的样态吧
现在的我　已人到中年
凡事无可无不可
排山倒海终敌不过云淡风轻
偶见天心月圆
我心宁静　一无所知

晨昏

鸟鸣在春天复制的每一个清晨
都是对我的鼓励　如能乘兴而起
行走于林间　香气欸乃如闻水波轻软的叹息
我也曾于黄昏　踏青于绵密的雾雨
在一种匀速的触及中领受那连绵的亲密
绿树穿着白纱　或许边上还有一位准新娘
在拍组照　目光和笑容　都很大众化
有时看到一只虫蛹掉下树枝半米
然后紧咬着从自己体内分泌出的丝
奋力引体向上
我不知道已错过了多少这样有趣的场景
虽然是在行走　但像被一个更高的
存在者注视　并悲悯着的生命
虽说这并不妨碍我真实地感到快乐
我是爱着这样的晨昏的
万物皆在　它们沉默的教诲从未改变

枯荷

冬夜漫步湖边
就着环湖路的路灯
我流连于那塘稀疏的枯荷
根据经验　我知道它们的硬和脆
以及枯槁中独有的意味
空气寒凉　沁人肺腑
这时我看到一只夜鸟打开翅膀
从荷塘中飞了出来
像一片荷叶　从枯茎上飞了起来
那只鸟隐约看上去　是一只夜鹭
我看到它　一会儿又飞到另一根枯茎上
收拢翅膀　还原成荷塘中的另一枝枯荷

清明祭

我很多亲人　已化身为故乡的泥土
它们现在覆盖在竹根　草根和木根上
一如我的皮肤　覆盖在肋骨和血管上
山间鹊鸲的鸣叫　亲切如召唤

生与死　或许是同构的吧
就像满目的绿色　是同构的
我看到坟边卷曲的蕨
在细雨中慢慢伸直身体

生命的给予

我们如能相对　已是给予
我什么都不确信　前世　缘分或命运

不过是语言的提篮
在我看来　相对即是相对本身
不需要爱和记忆　什么都不需要
我认为呈现才是合理的
呈现　任何时候都是一次性给出所有
我之前以为真实的　现在亦可视为假象
我们的身体不过是一些可亲或可厌的几何体
在我们的衣服之内　还有一身时间的旧衣服
我们因为脱不掉它因而更是无奈的

山间野樱

那是我无法接近的美
它们一树树　开在很远的山间
把春天渲染得热烈又寂寞
我无从知道　这一块块大地的红晕
从何而来　但又让人明显感到
这天然的羞涩已从大地溢出
无疑　这是土地和季节的双重馈赠
这稀有的此刻　将会成为任何此刻
这一树树热烈和寂寞
在一条山路的转弯处　扑面而来
既无法拒绝　也无法贴近
它们是我人生中不需要任何优先性
却是唯一性的山间野樱

山雀及其鸣叫

我最喜爱的鸟鸣是山雀的鸣叫
我觉得鹊鸲　黄鹂和乌鸫的都比不上它
山雀的鸣叫只有三声
第一声悠长　第二声和第三声

连在一起　清脆明亮
吁——绿泥
这叫声　像在不停地对土地进行嗟叹
每次听到这叫声
我对世界的疑惑便都不再存在
我在世间所经受的痛苦都被一一抚平
我的耳朵被它一遍遍清洗
重新获得清新的听觉
我的内心被它一次次荡涤
重新恢复对生活的感受性
我总在父母的坟边听到它
是这循环的三声救赎了我
我曾在烈日下　阵雨后
在田埂上　小区的绿化带边
一次次忘情地听这循环的三声
这我一直在诗歌中追求的循环的三声
在友情和爱情中追寻的循环的三声

黄鹂路上的流浪妇人

黄鹂路　是我家门口的第一条路
也可以说是我和这个世界发生关系的出口
和回到个体的入口　春节以后　在这条路上
我就再也没有见到那个流浪妇人
我注意到她　还是在前年深秋
那时我和同事经常去东亭小区的仙桃农家菜馆吃午饭
那里有个小院子　可以晒太阳
在进入院子的一个过道上　我注意到她
头发蓬松　已有不少白发　脸上有不少皱纹
身上穿着一个破夹袄　腰间用一根绳子捆着
脚上　穿着一双脏兮兮的解放胶鞋
我们在喝酒的时候　菜馆的老板
经常给她送去一碗饭菜　她在过道里安静地吃着

身边是一堆包装纸盒　塑料瓶子什么的
还有一个擦鞋和修鞋的中年女性在边上坐着
这样我算是认识她了　每每我们在阳光下
或在树荫下　喝酒吃饭聊天
她也在过道中　在她那一堆杂物中
端着一个瓷碗吃饭　过了一段时间　我发现她
把家安在了　正在拆迁的黄谌家湾边　那里
刚刚砌起了围墙　在还没有卸下招牌的
马应龙药店门口　和一堆拆下的砖和围墙之间
她依然是堆了不少包装纸盒　塑料瓶子
还放上了一床棉絮和被子　已经是冬天了
我依然和同事去吃午饭　有时看见她
在路边的垃圾箱中捡青菜叶子
或者从边上的兰州拉面馆和热干面馆前的
垃圾桶中　捡出没吃完的面条一根根晾晒在硬纸盒上
我没有资助过她一分钱　因为她从不乞讨
我有时打量她一下　但她并不看我
也看不出有什么表情　她这时的交谈对象
是一个穿制服的马路清洁工
我见过她们站在垃圾箱边　一起说话
又过了一段时间　她把家安在了马路对面的
城市自行车棚边　棚边有个大广告牌
她把棉絮和被子　放在两辆自行车之间
但捡来的东西　好像变少了
这两年间　她身体好像不错
像一只勤劳的蚂蚁在黄鹂路上生活着
只是春节以后　我就再也没有见过她
有时出入黄鹂路　我会突然想起她　感到她的
白发　像一根根银针　刺痛我
虽说我们之间连眼神的交流都没有
我印象中的她　就只有那种低眉顺目的表情
现在　我走在黄鹂路上　有时感到像在经过她的旧居

近作（10首）

回乡书

已经是上了年纪的人了　每次回乡
一路都在忐忑中感到针灸般的幸福

身体不仅不是更自由了　而是
四肢都被什么牵着绊着

山川虽可辨　物非人亦非
只有故乡的泥土　似乎才能和一己之躯相契

我都不知道该怎么开口说话
我口腔的红泥陶罐中的方言好像还没腌好

生活才是我的专业和禅床

请不要用目的诱惑我
每一次完成都是窒息
我不太喜欢成形的东西
就像孟浩然说的
会理知无我　观空厌有形
我更喜欢湿地　每一刻都在孕育
所有的呈现和生成
都是我乐于接受的
但每一次消逝都是伤痛的
切割机尖利的锯齿卸下的截面
或许才是规律的结构
和真实生活的基础
当然　这也没什么大不了的

可能这才是有效的开始
开始吧　小鲜肉的可能性都在前面

我已经被别人活过很多次了

我已经被别人活过很多次了
没什么新意　也乏善可陈
这些年来　我不断克服自己生命中
因人性而产生的各种欲望
不参加合唱　也不想独唱
我感觉世界都在我的身体上面
一如众多的微生物
时时活在我的身体上面
我喜欢葡萄牙诗人费尔南多·佩索阿
对人性分裂和幽微的烛照
和杜甫不死不休的那一段热肠
我在寻找推导幽微的逻辑
每每深夜独坐　酒入枯肠
那一刻我一点也不觉得孤独
有时觉得满身的月光比爱情还近

春天的工地

一场春雨过后　小区边的工地上
除了待拆的房屋和断壁残垣
还有一大块裸露的泥地
上面的积水　沉淀着一洼洼春天的镜子
一群燕子被吸引了过来
它们匆忙地
衔起一根根带着新鲜泥浆的草或细枝
扬翅飞走　过了一会儿　又飞了回来
是它们筑巢和育雏的时候了

在雨后泥土和树叶的芬芳之中
这群燕子　忙碌　热烈
用嘴搬走它们需要的钢筋和水泥
它们　也是家园的建筑师
一群大自然的房地产从业者
在城市这块裸露的泥地上
在这同一个空间之中　因一场雨
重叠着两个春天的工地
只是这工地　多么相似　又多么不同

坠落之痛

我时时经过楼前的那一树树茶花
有时在经过的那一刻
会看到其中的数朵　悄然掉落于地
还有的　在枝头已不是那种粉腻的胭脂红
而是一层层薄薄的　仿古宣似的干枯的黄瓣
在我眼前坠落的每一朵　都是一次瓜熟蒂落的完成
图解着自然的本义
终结　有时就是这样轻飘飘的
有时又在这种难熬的不舍中自我枯萎

不忍放弃的假设

我一直在固执地寻求
蝴蝶和庄子之间的同一性
我不忍放弃这个假设
春夜　凌晨五点的鸟鸣
先沁入我的残梦
接着就沁进了我的心里
我清醒地意识到
它们本来就是在我心里的

我想　就算按照物理学的视角
鸟的身体和我的身体
本来就是由同一种物质粒子构成
而它们在黑夜中的鸣叫
一声声　在我的心间荡漾出去
只要我愿意　我也可以发出这种声音

与灰喜鹊的互动

平时　我不大喜欢小区中的灰喜鹊
只有当它们安静地栖息在枝头
看上去似乎才是优雅的
已是盛夏　它们的叫声又大又急
粗嘎沙哑　有一天清早我去湖边散步
正经过一棵大樟树下
突然一只灰喜鹊从我脑后快速掠过
长翅带风　叫声惊悚
我的后颈处顿感一阵凉意
这是它在向我示警
我的行走已侵犯了它的安全边界
我想　它的巢可能就在这株树附近
一周后　我再次走过这株大树
果然看到两只雏鸟在树枝间
张开大嘴叫着　不顾一切地叫着
它们的毛还没长好
黑白相间　像刚刚浸过水
但这初生生命的叫声和形象
这本能展示的美和力量
立刻融化了我　我隐然觉得
颈后那记忆犹新的凉意
也是它们非同寻常的馈赠

乘复兴号从北京到武汉

复兴号　新时代的海豚
我在你的体内　是一粒微小的鱼子
紧挨着另一粒
雾霾散去的天空一片蔚蓝
行驶的感觉如在平静的湖面滑行
华北平原　地貌是对公平形象的诠释
北方的冬天　使泥土冻成了黄色的大理石面
从北京到武汉　只停靠五站
我想起在童年坐绿皮火车
从新店砂子岭到蒲圻
也是五站　车过信阳
我恍然到了草鞋铺
一个消失在蒲圻丘陵间的小站
但感到山边的草木
几乎一模一样
它们让我把 40 年前的绿皮火车和动车组
折叠在了一起

马语者

作为马　最理解我们的是诗人杜甫
他不仅生动精确地刻画了我们的形和神
并且写道　真堪托死生
道出了我们所有的马的内心
他在长安的大街上
看到过从中亚一路奔腾而来的我们
那是高仙芝将军提供的旅游福利
我们作为审美符号　在中原美术界流行
但我们热爱的仍是一望无际的草原
而不是长安　那里的水和草
才是世间最清洁的允诺和满足

是我们生命中的一切
中原的盐巴和干草　要么太刺激
要么太涩口　具有城市中所有产品不新鲜的品性
我们最痛恨的是蒙古骑兵
他们为了自己赢得土地　城池　财富和女性
完全不把我们当牲口使
任由我们力竭而死　倒毙中途
我们也不喜欢孔子
明明是家里的马厩失火了
他老人家下班后的第一句话
竟然是问　伤人乎
他是个人类中心主义者
心里只有人芝麻大的那点事
我们还讨厌燕昭王
用我们的遗骨作为招贤的诱饵筑台作秀
在历史上　宋国人庄子
才是我们真正的知音
他欣赏我们身体本身的完美
和生命的自足
他毫不留情地批判了伯乐这些技术理性主义者
对我们生命权利的践踏和戕害
我们天生即是草原之子
在草原上　放开四蹄奔跑
是我们游戏的自由
低头小口吃草　喝水
是我们满足的自由

送水工小万

小万　从 2006 年开始　就给我家送水
那时他还是个翩翩少年　不脱稚气
眼神清澈如刚送来的乐百氏矿泉水
那一年是我人生的刻骨之年

父亲肺癌晚期　在中南医院放化疗后去世
我刚换了一套 140 平方米的新居　三室两厅
终于可以在客厅摆上一张写字桌
铺上羊毛毡　有机会临帖和写毛笔字
武汉虽然水资源丰富　但出于众所周知的原因
我觉得有必要让家人喝上桶装水
这样我认识了小万
他每次来送水　都会在楼下把门铃摁得奇响
我不开门　他不放手　浑身像有使不完的力气
他第一次来送水的时候　还习惯性地做出脱鞋的动作
我忙说　我们家客厅铺的是瓷砖　不用脱
他提着水桶进门　放在客厅的饮水机边
取下空桶　用摩托车钥匙　戳破新桶桶口的胶皮
撕掉　再用手指　揭开新桶桶口的封皮
双手抱起水桶　放在饮水机上
沿顺时针方向转动几下　把水桶摆正
这时我会递给他一张水票　加上一支黄鹤楼香烟
说声谢谢　他接过烟　一脸灿然　也说声谢谢
这样一来二去　我们成了熟人
每次我打电话叫水　不一会儿他就来了
还是把门铃按得奇响
妻说　这门铃响得人毛焦火辣　叫他按轻一点
但不到半年　我家的门铃就哑了
他便去按对面邻居的门铃　也把邻居的门铃按哑了
我只好提醒他　以后按轻一点
这以后　每次门铃的声音只要响两下
我就知道是他来了　有一次他问我
饮水机洗过没有　我说没
他说　我教你怎么洗　以后三个月洗一次
说完　他把饮水机搬到厕所
拧开后面的塑料盖　放水　接着用沐浴的喷头
往饮水机中灌水　然后在进水口边　抹上一点牙膏
用牙刷刷遍　再用清水冲掉
他说　牙膏杀菌　这样冲干净就好了

我心生暖意　隐然感觉和他有了些交情
我的疑心病有点重　对水的质量总有些不放心
有一次我忍不住问他　你们这水是从哪里来的
他说　牌子是广东的牌子　水是从武汉东西湖的
湖心取的水　应该是武汉最好的
他不经意的一句话　治愈了我数年的疑虑
他好像也看出来了　2013 年的时候　有一次他对我说
现在店里也卖农夫山泉的天然泉水
要贵一些　水是从十堰丹江口水库装来的
从 2006 年到 2017 年　矿泉水和天然泉水的价格
已经从 20 元涨到了 40 元　但我并不在乎
能相对保证日常饮用水的品质　让我心安
也是无奈之中的一种选择　此后
我家的饮用水　一律改为农夫山泉天然泉水
每到过年过节　逢水店放假　还要多叫两桶
这样上楼下楼　他得多跑一趟　临别
我一般会给他大半包黄鹤楼烟
或者在他来前先拆开　从里面抽出几支
和水票一起　给他　因为有一次节前
我递给他一整包烟　被他拒绝了
此后他每次来　就叫我拐子
这让我很开心　像平添了个兄弟
但从 2016 年秋天开始　每次送水的都不是他
直到 2017 年春节过后　他才出现
我问他近来做什么去了　他说　病了一场
回老家待了几个月　现在好了
有一次他突然问我　要不要便宜些的水票
是他平时积下来的　有 10 张　每张 20 元
我觉得有些不对　说　票可以要　但钱不能少
我掏出 400 元给他　他硬是从中抽出两张给我
我不得已　又还给他一张　说　不然我不要票
他走后　我捏着手中的水票　都是皱巴巴的
折痕和票纸都又旧又脏
妻有一天对我说　那个送水的小万是怎么了
眼睛鼻子和嘴巴像长在了一起　都变形了

以前还是清清爽爽的　我便说　他病了一场
今年春节以后　小万却再也没有来过
每次换完水　我还是和以前一样
拿着一根烟　连水票一起递给送水工
但现在的小年轻大多已经不抽烟了
有时我看着手上没有递出的烟
感觉像捏着一截旧事　孑然地悬在空中

夏宏

黄斌：在逸出的路途上返身的诗人

在我读来，黄斌的诗难以在当代诗歌中被归类。

这首先关涉其诗歌语言观。他将诗歌看作精神的喻体，诗歌语言对无明的精神有一种清晰的表达，但只是一种转译，不可自以为是。由之，无论是被视为主体性之建构的个性言语，还是被奉为本体的语言，都在他的自审或外观中破体，呈现出“皇帝的新装”一面。他视顽守个性诗风的诗人遵从的是“装在套子里的诗学”，他反思被自己废掉的诗：

我是诗人　但对清词丽句早已不屑一顾
那一个个弱小的词
像被柔光 ps 过的一张张普通的面相
除了自欺和欺人　也只适合留在纸上或屏幕上
而不是心里　那些娇揉的美啊
把糖分的甜膜贴向任何事物
我想说　生活就是这样被我们自己败坏的
——《失败的诗歌的反思之一》

黄斌在其随笔集《老拍的言说》中写道：“依我看，言之，即是诗。”（第 350 则）简洁得拙朴的诗学观，需要放在一定的语境中才能显示其针对性，对于一位自高中时期就习得现代汉语诗歌至中年不辍的诗人而言，其意不在规范何为诗，反而意味着语言上的一种自我解放：从修辞、辞藻的规章中拔身出来。诗歌就是说话，就是“说出你的生活”，说出而远离营造。

修辞不是问题，当修辞成为诗的意识形态，才会是诗人和诗歌的负累。吊诡的是，经历了汉语的现代改造、文学上的白话文运动，作为反修辞的“口语”能否入诗早已不成问题，但和日用大相迥异，在诗歌文本的操持中，一旦将白话、叙说与生活世界划等，它们也就可能成为有意的修辞手段，演变成一种诗歌意识而不自觉。黄斌所说的“言之”，并非干掉修辞，也非要在白话与书面雅辞之间做出非此即彼的选择，他反对的是诗歌写作者局限在想象、隐喻、象征等等造作难逃的诗歌意识里作茧自缚。于是，在他的诗歌中，出现了于修辞中对修辞的打量、于抒情中疏离抒情的撼人力量：

就像我曾经描绘过的空巢　抽干了时间里的生命
成为一件真实生活的艺术品
这个冰棺里的身体　是它　而不是他
冰棺是透明的　但并不是说没有障碍
它现在就在用一个透明的障碍　安静地拒绝我们
——《冰棺中的父亲》

考验着自觉的诗歌书写者的问题倒是：有没有可称之为“诗歌本体”的那种存在？黄斌将此种问题，转化为对“生活”与“生活本身”关系的书写。

于他而言，人往往被“生活本身”这种观念化进而理想化的情结所缠绕，“生活”容易被意识形态、媒体和社群所诉求的意义所覆盖，作为共同体意识的“生活本身”对于本然的生活不仅是一种压力，而且是一种精神暴力，“美的影像何尝不是幻象 / 但只要你有 它就是一个固定有效的 / 戒疤 很敏感 很痛 足以证实人心之小”（《仅属于自语的抒情》）。在黄斌诸多以日常生活为题材的诗歌中，理想化的生活本身乃空相，但它作为隐在的背景被语言文字反复敲打，直到生活从意义的规约中漫溢出来，这才出现诗歌的生态，“在街上行走的人好像只有我是多余的部分 / 就是我刚买的河南烧饼 / 也像是今天多卖出的一个 / 那些应该我做的事都没有等我 / 它们不会用明天来等我 /……/ 在春天做一天无用的人 / 我的身体因为没有用过而盛下了春天”（《在春天做一天无用的人》）。

相应地，写诗是黄斌的一种相对私人化的寻常事，随意挥就的日记一样，有则记之，无则不欠，与其日常生活不会发生对抗。诗歌的意义并不高于日常生活，所以他的诗歌不重于语言的雕琢，可能在某些局部、细节上粗糙生硬，但整体显得十分流畅，有着舒畅开阔的气度。这就如同生活。延展开来，对于诗人而言，生活世界里的人、物、事不是被借用、夸饰的对象，而是同他共生共在。黄斌自言是淡于感性的人，恰恰因为他不用诗歌来强制事物，反而用生活来反制诗歌中可能出现的精神暴力，他的诗歌中就呈示出自我关爱、关爱他人的仁善与深情，“不管怎么说 通俗的娱乐 / 离趣味近 和身体一样 / 时时感觉不到心灵 / 但深夜的酒精 / 和夜色一起混淆事物的边界 / 我知道此刻我是柔软的 / 我喜欢身边和我一样饮酒 / 可以活动四肢的人”（《教堂抑或汉口车站路神曲酒吧》）。

黄斌的诗难以被归类，还在于其诗在呈现自明的文化身位同时，有倾向但不持以单一文化决定论，不拿什么文化理念当作精神武器来对抗当下。

其诗歌内容中出现了大量的中国传统文化符号，主题上不乏恋旧怀远之作，其文本形式上还有一种化自传统句读的符号：一行之中需要停顿断句的地方没有标点，只是空格——这已成为一种独步的标识。凡此种种，都需要置放于黄斌另一面的书写下来看待，即他对科技理性、资本、全球化现象的身受体察，“在大甩卖的喇叭声中 / 在磁带商的录音机里传出的种马般的嘶鸣中 / 在录像厅里发出的交欢的喘息声中 / 我感到人民币的普遍冲动 / 怎样折磨着包括我在内的 / 老家的密集的人群”（《蒲圻县老城区》），在语言能指上几乎可视为诸如金斯堡《嚎叫》那般西方现代诗歌的中国版。

若以传统守成来界定其诗，也许就忽略了他在诗歌中书写了那么多的传统之墓，祢衡墓、杜甫墓、唐寅墓直至黄侃墓，此象一再出现，显示诗人明了守是守不住的。若认为其诗是对所谓现代性的背离，那么可能无视他不动声色地将生硬的“现代性”化合到流传至今的“传统”中，“我收到远在千里之外的朋友的手机短信 / 就像冥界的所有亲人收到了纸钱”（《中秋之诗》）。我以为，在文化身位上，黄斌的诗不是一味地反现代性，也不是一味地膜拜中国传统。它们像两面镜子，互相映照，诗人黄斌显然是自觉到这两面的，和传统接上气，又置身于现在，惋惜、无奈和不甘、自信相交织，呈现出汉语人和汉语诗歌已然是在二者的强烈碰撞中才获得新生的当下命运，就像在现代标点符号的反衬下那种“空格”句读符号才显得空灵透气。

作为具有鲜明的反思能力并且不断在诗歌中书写其反思过程的诗人，黄斌还有一种能力：截断经验惯性，破除成见对感官的宰制，从运思走向审美的愉悦。

黄斌对诸多汉字进行过知识考古，他发现汉字在缘起中包含着生动的人性内容，比如“妥”字，“一只手抚摸到一个女人。只有用手的体温去抚摸一个女人的时候，那个女人才有所回应的，觉得安宁”。后来，汉字在长久的使用中却越来越抽象，远离了人的具体行为和生命体验。思想和认识，往往在抽象中裁剪了事物和生命的活泼生机，就像意识形态对个人实施着专政。黄斌对汉字起源的回溯又不仅仅是知识考古，这种行为里面还蕴涵着他努力去切断概念化思维，以恢复、唤醒语言的当下生机。由此，他屡屡在运思之外捕获语言给人的新奇感，他写弘一法师那拨慢了半小时的钟，“我喜欢它的不准和不精确/喜欢普遍的时间中突然有了个人性/更喜欢时间在一般的面相之外/还有不同的面相/而我最喜欢的还是这个名字/草　庵和钟　这三种世间异常不同的事物/怎么竟成了同一个事物”（《草庵钟》）。

他在诗歌的书写中，又展示了一种与运思迥然不同的过程：抹去经验的一层层尘灰，回到身体的初始经验，回到生命的本能冲动，人才会有自发的“言之”冲动而非自欺、欺人。这样的过程中，有着诗人无奈却相对有效的索要——个人生命的生动与自由，在此意义上可以说，诗歌是对自由的某种救赎：

在解放公园的边上
梧桐子也任性地在空中飘动
有的　在我的衣袖上
竟砸出了绿色的粉末　这让我
无比讶异　我第一次看到
梧桐子的粉末竟然是绿色的
它们都是这个春天赐予我的药末
我珍宝着这些视觉经验
新鲜　有趣
它们改变了我体内血液流动的速度
也让我体验到身体本身的堆积和消逝

——《春天的药末》

再来看黄斌在长诗中对家乡蒲圻新店镇日常生活、对县城搬运站、对砖茶的一浪接一浪的铺陈叙说，排山倒海，无顾无忌，“什么是诗”已不在话下，一种不甘受限的生命力似从语言中破壳而出，它自在而张扬，正如黄斌在随笔中对庄子个人生命的形容：“他的个人生命是他笔下的一群野马，也是他体内的一群野马，略一跑动，天空便为之变色，现出尘埃无数。”（《老拍的言说·235》

我还久久地盯着下一句：“这些野马，反抗的是伯乐的那有尺度的一瞥。”

对生命自由与个人生机的丧失，他警醒着。

周瑟瑟

周瑟瑟，男，1968年生于湖南。现居北京。著有诗集《松树下》《栗山》《暴雨将至》《犀牛》《鱼的身材有多好》《苔藓》《世界尽头》等，长篇小说《暧昧大街》《苹果》《中关村的乌鸦》《中国兄弟连》（三十集电视连续剧小说）等，以及《诗书画：周瑟瑟》。曾获得“2009年中国最有影响力十大诗人”、“2014年国际最佳诗人”、“2015年中国杰出诗人”、《北京文学》“2015—2016年度重点作品诗歌奖”、“2017年度十佳诗集”、《北京文学》“2017年度优秀作品诗歌奖”等。主编《卡丘》诗刊。编选有《新世纪中国诗选》《中国诗歌排行榜》《那些年我们读过的诗》《读首好诗，再和孩子说晚安》（五卷）、《中国当代诗选》（中文、西班牙语版）等多种，曾参加哥伦比亚第27届麦德林国际诗歌节。

周瑟瑟作品

代表作（10首）

穷人的女儿

在高高的蓝天下歌唱
蓝天越来越近
穷人的女儿，越来越温柔
身后的羊群洁白
正如伴随她多年的爱情
移向温暖的草原深处
平和的心情缓缓展开
三月的风吹动了花草
让我看清了她的美貌
善良的意图，淡淡的忧郁
从单薄的衣裙上闪过
这是多么平凡的日子
穷人的女儿在歌唱
我无限热爱的只是穷人
我不断感恩的也只是生活本身

冬天不恋爱

冬天不恋爱
我要上山去打鸟

鸟坐在树上睡了
我坐在悬崖上难以入眠
这样的时刻一生中不会很多
我朝天连放两枪
像鸟一样大笑

鸟一只只从我的肩上走过
我不忍心伤害她们
她们也许知道我付出多大的代价
才在空寂的山中
既不恋爱
又纯粹地盘腿而坐
让雪落满一身

田园

以打柴为生
和一只妖狐度过 11 月 7 日
从此身败名裂
依水而居

升起炊烟
把爱情忘记
这种淡淡的滋味恰到好处
在山水之间照见内心
打开鲜果
好呵
这里面住满了干净的孩子

家事

厢房里堆着稻谷
老爷在咳嗽，放下书卷
怀念的雨水落进罐子
正是下午
旧梦在空荡的院落里跑动

今年的小姐哭泣到深夜
不知远嫁何方

穿着大红袍离开双亲
那好看的场面
谁也难以想到

家的母亲是自由
家的父亲是忧伤
只有小姐才是小小的小姐

洞庭湖一带的女子

洞庭湖一带的女子
喝着喝着水
就叫了一声哥哥

多美的水
多美的水鸟
服饰洁净
心比天高
在故乡自由飞翔

洞庭湖一带的女子
把水与水鸟
都叫作哥哥

屈原哭了

很多年我都是携妻带子从汨罗下火车，天色微暗
很多年我都是从黎明的汨罗江上过，江水泛着泡沫

每次我都看见屈原坐在汨罗江边哭
我不敢低头，我一低头酸楚的泪就会掉下来
那几年我活得多苦啊，现在境况稍有好转

但内心还是不能忍受屈原坐在汨罗江边哭
我一下火车，他就跟着我，要我告诉他《离骚》之外的事
我支支吾吾只是叹息，“我想念故乡的亲人
我想念在江边哭泣的你……”

除此，我不能抱怨人生多险恶
家国多灾难，我只能默默地从汨罗江上走过
像所有离家的游子，我红着脸在故乡的大地眺望

我看见死而复生的屈原
我看见饥饿的父亲代替屈原在故乡哭
他终于见到了漂泊的骨肉，儿啊一声哭

一声屈原的哭，一声父亲的哭
把我泛着白色泡沫的心脏猛地抓住
我在汨罗迎面碰到的那个长须老头，他就是饥饿的屈原
我衰老的父亲，泪水把脸都流淌白了

蟒蛇

它的气味一日三变。
此刻有尖刀的气味，挺立起三角头，
清晨它整个身体散发出面包发甜的气味，
再过片刻，它要么更加疯狂，
要么昏昏入睡。

我听见它打呼噜。
嘴里流甜蜜的汁液，
发出婴儿叫妈妈的声音。
这就是蟒蛇，我所喜欢的凶猛的动物。

它听我的叫唤。
我叫它更凶猛，
我叫它吐出鲜艳的舌头。

我抚摸它尖硬的头，
说：天寒地冻，不要摆动。
它缩回到桌子底下，
腹部紧紧缠着我的大腿。

我心生怜爱。
我喜欢看它滋滋吐出蛇信子，
冲我猛扑而无从下口的着急的样子。

果然它咬住了我。
这是我所期待的。
我期待它的毒液流遍我全身，
我期待我的骨骼更松软，
而我善良的心更坚硬。

它凶猛的品质咬住了我，
我一边翻阅弗洛伊德，
一边抚摸我喜爱的蟒蛇，
此刻它美好的毒液正慷慨地流遍我全身。

私有制

私有制的早晨，
我拥抱朝霞，拥抱朝霞粗壮的腰身。
私有制的中午，
我制止了打鸣的公鸡，制止了它惹是生非。
私有制的夜晚，
我拒绝睡眠，拒绝睁眼说瞎话的梦境。

私有制穿着可爱的花衣，
我爱上了穿花衣。
私有制梳小辫，
我爱上了坐在梳妆台上高谈阔论，
手执一把钢牙交错的锯子。

私有制占据了我家厨房，
我围着一条围裙扮演莎士比亚。
私有制跑到我家阳台上，
我赶紧拨打 110，喂喂喂有人要跳楼。

私有制制造了一场虚惊，
我额头上的冷汗是它的证据。
私有制夹起了它的花尾巴，
我脚下踩着的尾巴却是一条毒蛇。

私有制正是我精心喂养的毒蛇，
它钻到我的被子里，口里吐出美妙的蛇信子。
私有制美得如此光滑，
好像除它，这个世界只剩下一根草绳。

私有制的睡袍，
穿在私有制的肉身上，
私有制的激情，
只发生在私有制的裤裆。

私有制的水管里冒出白花花的水柱，
私有制的庭院栽满了私有制的树苗，
其中小部分对我点头哈腰。

私有制的沐浴，
私有制的指责，
私有制的月亮照亮肮脏的小道，
而大道上的裸体却无人照料。

私有制的快言快语，
它指责你居心不良，
它笑话你脖子上的黑痣像一个强盗，
而实质上你一直围着一条好看的围巾。

私有制的谎言，
衬托了你深藏不露的舌头。
而私有制的赞美，
暴露了我内心的哈哈大笑。

一切都是私有制，
一切都是光滑的淫欲，
此刻私有制盖着一床厚被子，
把它尖尖的三角头枕在我的大腿上。

林中鸟

父亲在山林里沉睡，我摸黑起床
听见林中鸟在鸟巢里细细诉说：“天就要亮了，
那个儿子要来找他父亲。”
我踩着落叶，像一个人世的小偷
我躲过伤心的母亲，天正麻麻亮
鸟巢里的父母与孩子挤在一起，它们在开早会
它们讨论的是我与我父亲：“那个人没了父亲
谁给他觅食？谁给他翅膀？”
我听见它们在活动翅膀，晨曦照亮了尖嘴与粉嫩的脚趾
“来了来了，那个人来了——
他的脸上没有泪，但他好像一夜没睡像条可怜的黑狗。”
我继续前行，它们跟踪我，在我头上飞过来飞过去
它们唧唧喳喳议论我——“他跪下了，跪下了，
他脸上一行泪却闪闪发亮……”

栗山截句

1
北京飘雪，我想起故乡的池塘
在冬日暖阳下发亮，父亲离世后

留下几只鸡鸭在池塘的青石跳板上昏昏欲睡
其中那只鸡冠通红的是沉默的我

2
飞机在湖南境内的天空飞行
我孤身一人回北京，机窗外白云的形状
像我的亡父，沉默而轻盈，紧紧跟随我
——那片刻，我成了一个悲欣交集的人

3
暴雨过后，天空放晴
我们抬着父亲的灵柩
行进在稻田、水塘间
人世清澈，安详如斯

4
把父亲送上山后，我坐在他的卧室流泪
道士们在池塘边烧他的衣服
我擦干泪，再收拾他的毛笔与墨汁
最后把父亲临终的床倒立在墙边

5
雷鸣送来死去的父亲
他的喉结上下滑动，他饿了
我们一起吃闪电，吃风中煮沸的麻雀

6
鸟的舌头上压了一台小型发报机
黎明的光线又薄又亮一卷又一卷

7
乌鸦推开院门，伴随着一阵风
粮食与水在那里，请随便取用
我在午后小睡，不必关心世事
乌鸦乌鸦，欢迎与我一起入睡

近作（10首）

蛇

下午就要离开家了
我收拾床铺
伸手摸到软软的蛇
它蜷曲的身体突然散开
哦妈妈
我摸到了你的皮肤
另一个世界的凉爽
蛇通人性
妈妈生前在衣柜里
与一条更大的蛇相遇
她认定那是父亲的化身
我要离家了
这条温和的蛇
向我抬起头
我哇的一声哭叫妈妈
哥哥在微信中
叫我放一床棉絮
到旧屋里去
他说留下蛇守屋
不要让它走了
家蛇是自由的
它可以在屋里
自由进出

飓风

飓风从古巴
向美国佛罗里达州行进

一个人往门窗上钉木板
昔日平静的海湾
浪花飞溅
旗帜左右摆动
没有人爬上旗杆
他们站在海岸边
等待飓风远离古巴
这一周
我午后总是头疼
只因为飓风
以缓慢的速度移动
我往门窗上
每天钉一块木板

从天上

我从天上
看到一户人家
住在燕山山脉深处
房子清晰可见
门口一条黄色小路
绸缎似的飘动
那条路
应该是与外界
保持联系的通道
他们住在大山里
做什么
白云围绕
群山环抱
如果我不是在高空
是不会发现
他们与世隔绝的生活
飞机从他们屋顶飞过
我似乎看见了

一个小女孩
她坐在窗前
仰起脸蛋
也看见了我

天外飞仙

你来了
你终于出现
我等你多时
我从睡梦中惊醒
跑到窗前迎接你
茫茫宇宙
奇异的面孔
拖着灿烂的云霞
我看清了
你的孤独
你有人类的器官
黑洞的眼睛和嘴巴
你从天琴座方向而来
一头扎入了太阳系
你从地球下方
朝着飞马座方向飞去
我亲爱的朋友
今晚你来看我
我一切还好
我不相信世界末日
我相信爱情越来越具体
我生活在
地球上的某个房间
偶尔飞上天
如果你不来看我
我还以为你把我忘记
你飞行的速度太快了

下半夜
你是否降临到了我窗外
看我仰面朝天
进入了梦乡
像一个天外飞仙

写字

毛笔如扫帚
父亲写字如扫地
“人世是什么？”我问父亲
他在地坪扫地，灰尘扬起
鸡鸭走来走去，落叶前后翻飞
父亲傍晚扫完
第二天早晨又会有新的落叶
“地坪就是人世
我们每天踩到的鸡屎
你是永远扫不完的”
父亲教我写字要放松
你可以随时随地
追着灰尘与落叶写
红纸要裁整齐
墨汁可以发臭
但你的手要握紧毛笔
背挺直，他拍了我一下
你试着在鸡冠上写字
你试着用枯枝写字
在人世写字如同扫地
一笔一画如同扫也
扫不完的鸡屎

在梅兰芳大剧院听《山鬼》

我听到了父亲生前的吟唱
小时候我参加父亲主持的追悼会
马灯高挂屋檐
四方乡邻围在地坪
死者躺在木棺材里
年轻的父亲站在方桌边
他以屈原《楚辞》的腔调致悼词
马灯滋滋燃烧
像在烧干死者皮肤上的油
父亲越念越快越念越快
他在追赶死者最后一丝气息
没有锣鼓喧天，黑夜寂静
只有父亲急骤的吟唱
我害怕死者从棺材里爬了出来
白色灯光在玻璃罩里炸裂
乡村的夜潮湿多雨
屈原在赶路
山鬼在哭泣
父亲喉咙里的雨水汩汩滚烫
他额头上的汗水发亮
灯光放大了拿悼词的手
双手颤抖，喉咙颤抖
飞虫在人群中瞎撞
年老的乡邻低低抽泣
今天我坐在北京梅兰芳大剧院
台上汨罗市花鼓戏剧团刘光明先生
白袍飞舞，脚步轻移
唱腔里压着一盏故乡的马灯
古人以哀音为美
据说神灵喜好悲切的哀音
我在北京遇到故乡的屈原
他找山鬼而不见

我在他的唱腔里
找到了死去三年的父亲

家用电器

我生活在屋子里
用电热壶烧水
用漂亮的锅煮饭
但没有木柴
也不用火柴
我随手可以碰到家用电器
它们占据了我的空间
我有一把木凳子
是小孩坐的那种
又小又矮的凳子
它就在我的床榻边
我有时坐在矮凳子上
硬木与屁股久久相触
像在家中私自发电

吐火罗语

过了年后
我会说吐火罗语了
我自己也不明白
为什么会有此奇迹
我的舌头
好像发生了变异
早晨起床后
我会在书房
独自练一会儿吐火罗语
此事正在改变我
我想今年该着手

排演《弥勒会见记》
如果季羡林在世
鲍威尔在世
死语言学家林梅村在世
我就邀请他们
来我的书房
一起排演
一起说吐火罗语

人马

每个人小时候
都有一双马的眼睛
睫毛巨长
盖住了整只眼睛
我静静地站在那里
看大人们
有说有笑走过我身边
我不为所动
我像一匹马
似乎没有看你
但我心里把你
记住了
长大之后
我认得出
我看过的东西

哥哥的卧室

爱读书的哥哥
他的卧室
有一张宽大的木桌
桌上一盏煤油灯

昨晚还亮着
木窗户紧闭
光线送进来
照着干净的桌面
雕花椅子上的哥哥
他睡了
木架子床上没有铺盖
但哥哥睡在上面
他以这样的姿势
迎接弟弟

1. 简语是原发事态的最初澄明。

如果诗人在诗表现的简语风格上要按照一个文学教化的标准，这就要追问这一标准能站稳脚的来源。可是，来源本身是思考中自我提出的设定，来源的开端性本身就预含着为更前面的开端性在奠基的无穷循环。所以我只能说，简语手段的标准的那个来源，纯属诗人思考中的先验的设定，而不是先验的可能。简语的秉好，是先天意识持存的某种天知。天知不可能做到：用不是先验的证明本身，来证明这一先验的存在。另一方面，运用简语手段的标准的来源，更不可能从教学那里得到。只能说，诗人对简语标准的来源所作的一切思考，都在按照思想本身自洽的常规，决定性地提供标准。

2. 简语把人性的天启连在一起。

不过最终是人性的自然性心灵宿命的样式。即使简语可以超过心灵达不到的限度，但简语也超越不了心灵本身置身在更高灵性深渊的天启范围。可是，简语即使在自发的情况下，也总是要遇见人对它不断做出心智的改造，让简语不断从改造中凸显新的可能处。简语从不需要外来的字面置造空间，来增加它已经获有的存在感。简语有自己的故乡，它的故乡就在空乏完全融进的丰盈处。

《地球》一诗的简语手法，被周瑟瑟用向来的一种多动词风格写出：

沿着地球爬行
从北京到纽约
我的胡茬长出来了
从白天到白天
中间省略了黑夜
当阳光刺进机舱

诗中可看到幻象般的表象之下的黑夜，它被纯粹的自我环绕成白天的中心。自我遮蔽本身是对遮蔽的敞开。光明回到光明诞生之前的深思，就是黑夜。黑夜是深思的，挽救光亮的冥暗。

河流蜿蜒山间
忧郁鸽子
昨天还蹲在教堂台阶
今天随我穿过翻滚的白云
山巅之上
歌声悠扬
冲突渐渐平静
（周瑟瑟《山巅之上》）

诗人在好像拉丁诗的音律里写出东方诗的用韵和精神含量。最个性的是最普遍的和最主观的。我看到，人类是在唯一母语故乡里往外分散的。

3. 简语只是被口语赋予灵魂。

表面上，口语的尾韵气场，保留着人类身体器官产生的音乐气场。但本质上，口语与人类的身体一直在发生相互平行的看不见的运动。如果身体里的灵性自发地前进了一步，口语也随后会发生感应性的自我变动。口语像肉一样感应着身体的内感知，也感应着身体随时准备完成的运动空间。口语因此成了简语的心脏。

我可以把口语分成三类等级：（1）先验直觉的口语；它起源于一种突现的顿悟。（2）原始启发的口语；（3）习得而衍生的口语。在口语的三大等级里，原始启发的口语是最高级的部分，这是环绕在人类心灵的始祖之光。口语不只是身体自然秉性直观感觉到的唯一记号，也不只是把心灵的智能隐身在音律中，口语还是它自己对内在于自我的自明的绝对确定。当口语被赋予灵魂后，口语就展示出一种质性。这恰恰保证了口语已经成为简语的骨架。可以说，口语既是先在的身体自我存在，又是一个为简语奠基的框架存在。

秋天端坐山巅
召唤我
向大山进发
路途并不遥远
但至少要耗费一天
今晚起程
天亮就可以
见到面容姣好的人
（周瑟瑟《入秋》）

诗在气韵的环绕中发展到了一种拉美魔幻式的某个字面迷宫阶段，让我追问的东西不断显出深渊。

现在好了，无从无休
生生死死，总是跟我在一起，
那些铁轨，雨的呼喊：
都是暗黑的夜晚所保存
（聂鲁达《冬季写的情歌》）

4. 口语为身体立义。

照我说，身体器官不是为自身而独立存在，而是为可组织起全体身体的最高心智的整个形体而存在。人们那种体现自我意识的符号必然是要从自然身体给出的。我们的手势或面部表情的纯身体交流活动，连同舌头的活动，都在孕育着发音口语的前奏。我从人类口语的音韵构造成分中，可发现人类原发理性的始祖印痕。也就是说，在口语自然因素的声音躯体里，蕴含着一部分理性的胚芽。借此，我会把口语看成是从人类本我身体，到自我超身体的一座桥梁。口语之所以像第二身体，在于它不只是和身体的自为特征对应，而且还在于它具有肉质那样的不停增生的不可替代性。

鸽子在人群里散步
在我读诗时它们飞过天空
翅膀啪啪击打风与白云
（周瑟瑟《渡渡坎》）

5. 口语的动力是人的原我。

我申明，口语的本质就是揭示自己不脱离自然性。凡是涉及人的本能的一刹那，总是口语在做出实用性的效力。所以，身体的自然本性在生成的角度上，奠基了口语的自然生成性。口语因此是第二人体。

心灵需要借助从自然界发展而来的身体——自然赋予口舌的音韵里，唤起对心灵本身各个存在环节的感应，于是，音韵，就与心灵所发展出来的次序相互应合。口语总能最大限度地预含人的身体的声音事态，包括单音节层、音位层、节律层、韵素层、变韵层、韵根层、韵段层、韵组层等结构。

在麦·林格兰德酒店
我们坐在一张桌子旁
共进早餐或晚餐
同样的食物
两种语言
在我们之间
罗玲，诗歌快乐的元素
（周瑟瑟《致马加里托·奎亚尔》）

口语诗之所以只对语音引发的心灵感应偏好，是因为口语韵音，代表了诗人的心灵对语言能指可丰富所指的那种亲觉的在场。

他棕色的皮肤
明亮的眼睛
我总是觉得
有一颗宝石
在我们中间闪烁
（周瑟瑟《土著男孩》）

群山之巅
一片静谧

所有树顶
你听不见
一声叹息
林中鸟儿无语
不久
你也将休息
（歌德《远山》）

6. 深刻的内心只用简语说话。

我凭直觉说，只有接近单纯，才能接近意识结构的第一开端。单纯是直接性的存在环节，它是自明的，区别了间接的多环节的东西。简语就是对一种奥义的提纯。如果深刻的心灵靠内力已经达到了它所要的高度，语言的中介性台阶就应该减少。

短语的声音媒介和句形构造中，蕴含着心灵意识做出短捷运动的印迹。短语句是与意识在推进中的简化空间次序相对应的、相对等的。短语正是靠取消有干扰作用的长度音韵和复杂空间图式的语符，才充分实现了心灵对短音浓缩对象、复现对象所生感应的那种澄净。

孤独的大师
唯有文学永恒
安第斯山脉上
那些鲜艳的肉体
必将衰亡
（周瑟瑟《马尔克斯先生》）

雪花石膏做的天使，镀金的钢琴，样式各异的钟表，威尼斯的玻璃制品，罗马温泉风格的浴室，风格近乎疯狂的家具……
（马尔克斯小说选段《令人难以置信的故事》）

白昼
都要落进黑沉沉的夜，
像有那么一口井
锁住了光明。

必须坐在
黑洞洞的井口，
要很有耐心
打捞掉落下去的光明
（聂鲁达《如果白昼落进…》）

7. 口语有利于意识的运动。

口语说出来的记号，实际上是以双重的听来代替图像。口语在个我创造出的很多可能样式里，预含了意识可以生造出的无限维度。口语的听和被读出的外在关系，就是口语语义在意识空间中被推进的关系。人们灵魂自造的一切立意空间都是意识的运动空间——它自行地、超越地、自为地不断生成点、向、面。可是，意识，却不能把控口语处在潜在肉质里的那种无限的自然发生性。口语立意的可能性空间有多大，意识被重造的运动空间就有多大。

就如：

聂鲁达就在
这条路的尽头
留下诗篇与居所
他从海上走了
（周瑟瑟《诗人之路》）

聂鲁达抽着烟斗
还不是右派的艾青
眯眼坐在沙发上
一只白色浴缸
装下他们那一代人的大海
（周瑟瑟《去黑岛》）

加勒比海
浸入了舌根
罗伯特先生
晃动岩石似的头
我们坐在鲸鱼体内
只要按动墙上
古老的开关
海浪就哗哗
从盘子底涌出
将我们卷走
（周瑟瑟《太平洋餐厅》）

8. 口语有着先验的根。

口语给出来的诸如“我”“对面”“给”“大”“长”“不”……这些词属于意识先于任何经验规则的先验直觉。如果没有意识空间预先给出某个起点，我们就不可能有任何可表达出来的语态。意识可以把造语的先天禀赋，转化成可以公共理解的后天语言规则。特别是口语诗中的音节、音素、顺口感、语气、语韵、短句结构……我重申，口语的先验本源是与意识的居间本性，一起发展的。比如，口语诗里的直觉既有预测性的洞见，又有直观式的超逻辑性。直觉不是外部的各个表象留在意识中等着被反应的东西，直觉中隐含的感觉成分材料，本身就自带着先天的意向源，它不需要展示出什么对象的表象来完成一个奠基。它的直观直接得几乎不能用任何表象的空间来显示。口语里所预含的先验内容可以超出经验。

口语与舌头的关系本质是先验给予经验的关系。

你有你的路。我有我的路。
（尼采《尼采文集》）

鸽子在人群里散步
在我读诗时它们飞过天空
翅膀啪啪击打风与白云
（周瑟瑟《渡渡坎》）

我是一个新人
站在死者的空间
（周瑟瑟《头发蓬松的女人之家》）

大海也无法回答
今天的死亡之谜
（周瑟瑟《在智利的海岬上》）

我要说，人既是先验的存在——它有着，并通向思辨范畴的对象，又是经验的存在者——它通向对象客观性。经验只能在经验的界面上确定先验，而先验也只能在先验的界面上确定经验化的先验。

9. 简语最极端的可能性就是意识最极端的可能性。

最简单的语句也在做出命题，也对应了一个最简单的事态的存在。因此，简语在由意识开启出来的新形式空间里，找到了它的表现位置。简语显示了它在本我中所裁剪掉的超我成分，这在本质上还是很复杂的过程。一切简语的演绎都是先天的。

我料定，既然诗人的简语样式，能够完整地呈现出一个推进的意指，而不是阻碍了意指，那么该简语的以简寓繁就必定已经预含在某个事态对象里了。

极简包含的一切和一切包含的极简，共同包含着空的实。

我的邻座
坐着一位中国僧人
北极之上
就他一身绛红
（周瑟瑟《北极》）

家乡是河上游无数村落中的一个，坐落在山那边的蛮荒里，那里的古波斯语还未受到希腊语的影响，麻风病也不常见。
（博尔赫斯小说《圆形废墟》）

白云的自由
就在我身边
（周瑟瑟《白云苍狗》）

那个流动的摄影师又回来了，他已经明白了这世界并没有他想象的那么大。

（马尔克斯小说选段《令人难以置信的故事》）

10. 简语是一个自足的语言内部系统。

我强调，在简语的意向内部，只有一个意指事件，它要么存在，要么不存在，没有中间的状况。

简语之所以取消句子前后的逻辑限定和修饰置造，只剩下词与词的原材与原材之间的网系，由这，可回到语言的纯粹元素本身。简语通过对词的减少，得到被完全浓缩过的无穷事态的信息核心。所以，简语的词法是动词主导句的词法。简语用动词来遮蔽理性名词的在场。因为理性不可能代替尚属直觉的东西。

你长年生活在
雪的反光里
你在雪的镜中
呼喊汉语的雨
（周瑟瑟《安第斯山脉的雪》）

只能找到寂静和凄凉。这幢房屋是世界上绝无仅有的。
（博尔赫斯小说《图书馆》）

11. 简语是心灵感应的影像。

依我说，简语的自然律不是故意说出来的，而是自我显示的。

简语改变表达，在于改变表达的界限。简语决不能通过对短句的直接阅读，就能马上得到全部意义。表面上，简语的空乏字面读不出什么东西，但读它时，简语已经支配心灵发生了要寻找某物的感应，并让心灵自行产生了立意的无遮蔽状态，最后用心灵对音节和字形事态的主观体验，把某种立意有可能还没有置造出的未知部分，从思维的遮蔽方式中脱离出来。读简语诗必须要透过局部的文字，而用心灵去感应还没有显出的状态整体。

船长驾驶一整只鲸鱼鱼骨
水手呢
水手端来聂鲁达汤
加勒比海
浸入了舌根

罗伯特先生
晃动岩石似的头
我们坐在鲸鱼体内
（周瑟瑟《太平洋餐厅》）

枣黑色的马
望着我们跑过村庄
雪山在右边
越退越远
黑岛，黑岛
我未知的岛
飘在前方
（周瑟瑟《去黑岛》）

12. 简语有最终的语言规定性。

只有论证表象思维，才能依靠修饰方式带来复杂语言的置造。我的意思是说，与散文复语结构的语句相反：简语，让感官与思想刚一萌生出原初的灵魂，就天然而纯尽地合生在一起，并寻找着同样也是纯尽的被思想去掉了杂质的那些事态。

还不到黑岛
我们拐入一条
林中路
山谷下树木茂盛
传来溪水声
蜂鸟飞过
在半空吹了一声口哨
（周瑟瑟《托托拉尔小村》）

新楚骚

New SAO of the state of chu

胡晓光 作品

袁志坚 语言与世界的直接关联

胡晓光

胡晓光，1963年生，湖北大冶人。1982年开始诗歌写作，曾长期在《散花》等文学期刊做编辑。1993年下海，中断写作20年。2015年重新开始写诗。已出版诗集两册，获得过《诗歌报月刊》年度诗人奖等奖项。现为黄石市作协副主席。

看见湖滩上吃草的牛

一头公牛在湖滩上低着头吃草
这时候它是全神贯注的
身上那么多的苍蝇也打扰不了它
旁边那头母牛也打扰不了它

钉钉

既是动词
又是名词
是钝的
也是尖锐的
每个人都是一枚钉子
每个人也在钉这枚钉子
我向所有被我钉过的木头致歉
我向所有的含着我的事物致谢

睡莲

睡莲睡了半个池塘
她们睡着
但比醒着的其他
更眉清目秀
且肃穆庄严
这里我必须恭敬地写“她”
那么多植物中
仿佛只有这些睡莲才够格用“她”
仿佛只有她们
才能跟母亲相提并论

青黛灰

我爱这样的灰色
这是无数次洗笔水加灰尘加时间

积淀成的墨色
像积攒的夜色
故称作宿墨
拖一笔便成远山
刷一笔还可以是一条游动的鱼
是底色
又像低眉者
天际上要现出这样的灰也是不易的
这需要变天
需要风云际会

歌舞团里的练歌声

好声音是练出来的
成为一种教育
你听听
歌舞团天天有人不厌其烦地发着
似乎是有意义的声音
似乎是有节律的声音
不好听
但必须这么唱练习的声音
重复地唱
反复地练
在歌舞团大院
你永远都听不到一首完整的歌
你也永远都听不到一首完美的歌
不到灯火璀璨千人欢呼的舞台上
你听到的
永远是练习的声音

卷心菜

医生告诉我
多吃包菜、大白菜、花菜等卷心菜

这些菜对心血管有好处
有益健康
我于是长年食用它们
我于是发现了它们的长处
这些卷心菜都耐放
至少可放置半月而不坏
而其他的叶子菜
一两天即坏
我还发现
这些卷心菜都是向内长的
它们一生都在学会内敛
它们把营养蓄进了内心
而那些易败的青菜们
则是向外长的，它们是张扬的

树长到一定高度时知道停止长高

树要想远离人间
完全是有可能的
它拼命地长
就长到人到不了的高度
可是树还是想留在人间
它们知道长到一定的高度时停止长高
它们反回来长树根
所以树能活几千年
而我们不行

葡萄是拥挤的但是有序的

葡萄在它们小小的家里是拥挤的
但是有序的
一个个怀着甜蜜的梦想
睁着甜蜜的眼睛
它们亲密无间的样子

像我们那一代人的一家子
我们在我们窄窄的房间挤成一串
那些泪水都仿佛是挤出的甜汁
我们拥挤
然而有序
而且甜蜜

那时
我们的父母也年青啊
他们就像是带着绿叶的葡萄藤

谷子的慈悲

越是饱满的稻穗头越低得低
它要低到根部去　低到来路去
低到红尘去　它
要低出心满意足的样子
要低成个低眉菩萨的样子
那么多的谷子
那么多米白的肉身
那么多命

那么多的慈悲啊

2016年3月在还地桥樱花谷赏花口占一首

看花的人把花看谢了
没有看到花的人只能看树叶
有点忧也有点伤
花等来年
人等来世
哦，他们看到的是樱花
我看到的是樱花树

参观母亲的冬瓜地

冬瓜躺在地上长
它们像几个没穿衣服的婴儿
它们白皙的皮肤像搽了一层痱子粉
也像初生的茸毛
它们乖乖的样子
就像是婴儿的样子
它们仿佛在吸吮乳汁
它们长大啊
直到牵着它们的那些藤蔓枯老

在故乡
我就是这条冬瓜

三只老母鸡

什么动物养长了就亲了
有时会成为一种心病
这就叫牵挂
比如这三只老母鸡
它们就是老娘养了五六年的伴
它们成了母亲不愿离开老家的理由
它们一个个被母亲养得肥硕硕的
看上去真像个老母鸡
这种生活的样子
这种亲密的样子
那三只成天围着母亲转的老母鸡
就像是三个舍不得嫁出去的老姑娘

初春

我喜欢初春
一切都急切着开始
但很有序

我喜欢初春
好像都是第一次
探头探脑地看着自己投身的这个世界
新鲜多汁而有味
我喜欢初春
尤其喜欢湖北的初春
我想宽衣解带

风起时一瞥

树叶也有羞怯之心
风把它的背面吹出来时
像暴露了它的私处
它颤抖着，用自身的重量迅速翻过来

塞罕坝

你只管种树吧
松鼠们自己能找到这里
你只管种草吧
羊也会成群成群地住下来
你只管种地
蓝天看得到
你只管种善
菩萨看得到

两把粗木小椅子

门口摆着两把粗木椅子
就是那种粗制的且未刷漆的那种
我们搬进这新房后
它们就一直放在门口
看到它们并排在一起的样子

我猛然想起多年前来过的乡下亲戚
他们进门后就喜欢坐这个位置
不言语，搓着手，还经常低着头……

香椿树

我老家的后院
有三棵高大的香椿树
每年春天都长出很多的嫩叶
让很多人仰望却却步
嫩嫩的香椿新叶是一道美味
但我家的香椿树太过高大
用梯子都够不着
它们就这样越长越高
越来越粗壮
为了不成为人的美味
它们往上长
浪费自己

蛐蛐

它们不唱了
说明它们的歌唱完了
它们把歌唱完了
它们也就完了
明年唱的那些
也叫蛐蛐
但不是它们了

留几个鸡蛋给老母鸡过年

每年除夕夜
母亲总要拿几个鸡蛋放进鸡窝

让那些老母鸡抱着这些鸡蛋睡一夜
“我们吃了它们太多的蛋”
母亲似乎有些不好意思地说
“它们也要跟它们的孩子一起过年”
这话听起来有点酸酸的
也有点
暖暖的

你不要小瞧自己

那个在滔滔不绝
神采飞扬地演说的人
如果他身边拥有太多的人
他就是演说家
但如果他身边一个听众也没有
也就是说
他是自顾自地在那里说
那他就是一个疯子
所以
你不要小瞧自己
你可以把一个人变成演说家
你也可以把一个人变成疯子

乡间老屋

在游览万亩茶园时
迷路进入了一个衰败的乡村
看见一间老屋
垮得只剩下门脸
就像一个古人穿着旧衣裳
微笑着露　没有牙的嘴
这样的乡村破旧又亲切
是的
破旧
又亲切

从黄石到大别山要经过几条河

从黄石到大别山要经过几条河
首先是经过长江
然后是浠水的兰溪
没想到兰溪这么宽阔
再是经过巴河
没想到巴河这么宽阔
它们都这么宽阔了
它们都要流向长江
我真的惊叹
一路之上
比兰溪和巴河大得多的河流该有多少呢
长江到底能收留多少这样的河啊
那些支流都这样宽阔了
长江要有多宽才能收留这些宽?
我就住在长江边
但我没发现长江有多宽
它凭什么容下这越来越多的河水呢
只有另一种可能
靠它的深
而它的深
我们的眼睛是看不见的

语言与世界的直接关联
——胡晓光诗歌近作阅读随感

· 袁志坚

2018 年夏天，胡晓光大兄寄来 60 首诗歌近作。停笔 20 多年后，胡晓光又拾起诗笔，但是，他写得和年轻时完全不同了，诗风变得举重若轻，不事雕琢。出版于 1993 年的《抒情与怀念》集中了胡晓光早期的诗作，那时他写得有才子气，常有巧思佳构。他在写诗之初便受到西方现代诗影响，故而主体与外在世界的关系是二元性的。譬如他的成名作《钢铁工厂》（1991 年）中就有这样的句子："金属代表一种精神"，强迫性的语言链条反映出诗人由外（"金属"）而内（"精神"）的认知方式。加里·斯奈德批评詹姆斯·赖特的写法失之生硬，正是因为赖特以逻辑思维的方式对事物做形而上观，"金属代表一种精神"的句子出现就来自这样的思维方式。在《钢铁工厂》这首诗里，胡晓光引用了罗伯特·勃莱的诗句并借鉴了勃莱处理物象的手法，他可能并没有自觉地看到勃莱的局限性，虽然勃莱所谓的"深层意象"放弃了之前英美意象派的智性因素，但是，其笔下的主客观世界仍然是界限分明的。罗伯特·勃莱、W．S．默温、加里·斯奈德、詹姆斯·赖特、马克·斯特兰德等都被称作"深层意象派"（也被称作"新超现实主义"）的代表诗人。其时，胡晓光接触到这些美国新超现实主义诗人的作品（王家新、沈睿等译介了他们），而这些美国诗人多取材乡村、自然，他们从陶渊明、寒山、王维等的诗作中获得了超现实的动力，反叛了西方以科技和意识形态为主导的现代文明，这与中国诗人普遍的乡村文化背景及传统诗学素养是贴近的，又引发了改革开放语境下中国诗人与世界文学的对话欲，胡晓光就是将深度意象主义迅速拿来的敏锐者之一。但是，深度意象主义并没有脱离西方的诗歌创造"第二自然"的观念，人与自然是两个世界，而中国的古典诗歌是讲求"天人合一"的。

当然，我并不是否定《钢铁工厂》这首诗的品质及其影响力，在当时，很多诗人模仿海子的“麦地”诗篇，将所谓的“新乡土诗”简化为农业文明的挽歌，一度出现浪漫主义的滥情倾向，而胡晓光开始通过诗歌来沟通内外两个现实，尝试找到属于自己的独特意象，在经过现代主义的“淬火”“冷却”之后寻求诗的纯粹性。遗憾的是，1993 年前后，投入商海的胡晓光中断了诗歌写作，消失于流行文化的喧嚣之中。

2015 年，胡晓光重新踏上诗途，他一定是见证了人性的混杂，经历了人世的虚浮，才重新审视自己，分辨真我假我，寻找本来面目，处身于造化之大一。在一个整体的世界中，身、心才不是分离的，物、我才不是对立的。诗歌使胡晓光发现了内在的真实，发现了语言与世界的直接关联。这样的写作，一下子变得简单、轻松，滤去了许多杂质，卸去了许多重负。胡晓光在微信中说“我只是写些短诗”，语言形式上的短，恰恰对应了一个经过了缩减、简化的情景结构，即人与世界的相遇、互认模式，没有阻隔，化而为一，大道至简也。那么，语言与世界的直接关联，是如何发生的？我拟对胡晓光的这些近作进行文本细读。

一、以部分感知整体

前述人与世界的相遇、互认模式，指的是中国式的“以一化万”“举一反三”“一叶知秋”的宇宙观。胡晓光在这些短诗里，往往选择了极少的意象，甚至一首诗只有一个意象，而意象并非孤立于世界之外，且与世界有机融为一体，或者说，具有“一花一世界，一叶一菩提”的微观、宏观转换视角，直取存在的本质。诗人在瞬间、在当下以语言照亮世界，聚焦于一个具体事物，也能够建立自我与世界的直接联系而不是间接关系，词与物是对应的，在具体情境中呈现了自然宇宙的本来秩序。

我喜欢初春
一切都急切着开始
但很有序
我喜欢初春
好像都是第一次
探头探脑地看着自己投身的这个世界
——《初春》

“开始”“第一次”“有序”，在万物初生的情境中，“初春”这个时间意象具有“投身”的实在感，并且具有与世界相互观看的情态。“初春”在“看着”世界，而诗人所看到的“初春”，样子是在“探头探脑地看”，对应于生命萌发的万物，这就是“以一化万”之通透，这就是世界的初始秩序、本来秩序，这就是物我之间的本源性关联。

每个人都是一枚钉子
每个人也在钉这枚钉子
我向所有被我钉过的木头致歉
我向所有的含着我的事物致谢
——《钉钉》

《钉钉》这首诗则反映了诗人举一反三的同情心，“我”同“每一个人”之间，“我”同“所有被我钉过的木头”之间，“我”同“所有的含着我的事物”之间形成了一致性。尖锐之后的柔和，疼痛之后的理解，“钉子”和“木头”形成了一种相互契合、相互包含的秩序，“我”和“每个人”形成了相互体认、相互接纳的关系。在这样的诗里，我也看到了诗人与诗歌文本中的“我”具有主体的一致性。在另一首诗《尖锐之物》中，胡晓光通过反省提出了主体性的觉知与返回问题，“我们也磨过/慢慢地我们也成了尖锐之物/我们/不像我们自己/我们更像我们的敌人”，身体被磨成尖锐之物，身体经验感受到的被磨、疼痛使我们成了自己的敌人，成为不自由的、被动的、异化的现实生命，唯有自反才能“化敌为我”，取消与现实的障碍，在与他者磨之后返回到与他者合，返回到整体的世界中去。诗中的“我们”是将自我与他者同构的，而不是互为对象，自我与他者的共同境遇形成了对话的共同路径，自我达到他者则能够化解尖锐，身体也因此达到内在与外在的统一。

所谓“一叶知秋”的宇宙观，在中国传统诗歌里屡见不鲜。《秋雨黄昏所见》仅有四行:“如果仅仅是吹冷风/还不会显得凄凉/只有看见这满地的落叶/身上才打寒颤”，写的就是“一叶知秋”的感受。诗人的悲悯之心由体物而生，眼前可见的满地落叶关联了一个寒风乍起、满目凄凉的无垠世界。王国维谓“一切景语皆情语”，中国传统诗歌里情景二端是相生并融的，主客观是悄然妙合的。“打寒颤”表现为诗人有感于肉身 / 身世与落叶 / 季节所共处之境，这与杜甫的“此曲只应天上有”，与陈子昂的“念天地之悠悠”同样寂寥、怆然，过去与未来，经验与先验，都贯通于一瞬、一身。“打寒颤”是身体的叙述而不是主观的想象，是以身作渡，“体”悟到自然—人事—宇宙的循回往复。

以部分感知整体，诗因此化繁为简。可见的与不可见的事物在同一世界中，它们并没有分割开来；已说出的与未说出的语词在同一语境中，言外之意可以默认、默会。严羽在《沧浪诗话》中提到“言有尽而意无穷”，语言是有限度的，但是，诗的语言是生命的展开，突破有限的语义范畴、个人的意识束缚而接近精神本源，是生命在世界中的完全展开。诗人只有使语言还原到与世界的直接关联中，才能建立世界的最高真实和整体秩序。诗人的工作是将事物引入世界的最高真实和整体秩序中，是恢复事物之间的微妙联系。

二、物象的直接关联

胡晓光的这些短诗里，事物之间常常是直接关联，而不是间接比喻。《睡莲》的最后两行是这样写的：“仿佛只有她们 / 才能跟母亲相提并论”。“相提并论”四个字格外准确：“睡莲”与“母亲”是并列的，是共鸣的，是和谐的，是彼此感应的，在统一的秩序之中。按照雅各布森的说法，隐喻基于选择轴的相似关系，而转喻基于组合轴的相邻关系，诗歌功能是把对应原则从选择轴反射到组合轴。他还说，诗多用隐喻，散文多用转喻；浪漫主义和象征主义文学多借助隐喻，现实主义文学多借助转喻。虽然说雅各布森在结构语言学的框架下揭示了诗歌语言构成的“秘密”，但是，在实际的诗歌文本中，隐喻和转喻是同时使用、交叉使用的，特别是一个诗人将他的现实经验与超现实想象联结起来时，将不同的物象有机组合起来时，诗歌更加具有感通力。下面这首诗即是如此：

原来窗外的这株白雪似的花
就是丁香花
几年了都不认识她
原来我一直都有芳邻
我却一直都浑然不知
我知道名花有主
却不知道
自己原来就是那主

——《丁香花》

丁香花是“我”之“芳邻”，“我”又是丁香花的“主”，这是一种什么样的关系呢？邻者，比也，“我”与丁香花是并列的；“主”者，喻也，“我”与丁香花又是一体的。“我”以丁香花自喻，又与丁香花为邻，有爱美之心，无占有之欲，这就是二者之间的美好关系。主客体之间互为代替，又互为延续，隐喻和转喻是同时表意的。直接关联物象的方式体现了诗人物我交融的宇宙观。

在另一首诗里，诗人似乎完全舍弃了比喻，其实他又把物象与人格联系起来了：

蘑菇都是蓬勃之物
蓬勃之物的样子都相似
有昂扬之态
有急切的心情
这是夏天的雨后
在朽木的身旁
朽木借蘑菇之身再生
长得极快
这是好东西啊
我不喜欢叫它菌类
我喜欢叫它的小名
我喜欢叫它们蘑菇
这样好像是在叫
一个女子的名字
——《蓬勃之物》

“菌类”是人工语言，是基于知识分类系统的表述，是剔除了情感色彩的科学称谓，而“我不喜欢叫它菌类 / 我喜欢叫它的小名 / 我喜欢叫它们蘑菇”，表明诗人要用元语言建立自己的世界秩序，用直接命名的方式建立自己的世界秩序，这个诗的世界是“蓬勃”而有生命力的，不言而喻地饱含深情。

胡晓光采取直接关联物象的写法，我认为是基于他对一个作为整体的世界的理解，他经常取消不同事物之间的异质性。《青黛灰》这首诗，在意与象的不断转换中，却保持了语言与自然的同构，呈现了一个变化无限又亘古神秘的世界：

我爱这样的灰色
这是无数次洗笔水加灰尘加时间

积淀成的墨色
像积攒的夜色
故称作宿墨
拖一笔便成远山
刷一笔还可以是一条游动的鱼
是底色
又像低眉者
天际上要现出这样的灰也是不易的
这需要变天
需要风云际会

“夜色”“远山”“游动的鱼”“底色”“低眉者”，都是这一笔“青黛灰”的形态，这一笔“青黛灰”还可以无限分化，描绘出万事万物，正如阴阳交替、天地化育、风云际会，一个整体的世界恰恰是一个生动的世界。但是，所有的物象并没有什么本质不同。这首诗令人想起《易》的智慧，诗句中的“不易”点出了“变”的必然性，而诗人惯看惊奇之变，语言的张力内蓄于平静淡定的独白之中。

诗人这种整体的世界观或许也受到了禅宗的影响：

看花的人把花看谢了
没有看到花的人只能看树叶
有点忧也有点伤
花等来年
人等来世
哦，他们看到的是樱花
我看到的是樱花树
——《2016年3月在还地桥樱花谷赏花口占一首》

诗中写到了动态生命（花开、花谢），写到了未来时间（来年、来世），写到了虚幻之伤与消逝之忧，写到了同情之共鸣，更写到了异观之一体：“哦，他们看到的是樱花/我看到的是樱花树”，表象有别而色空一如。“语言道断，心思路绝”，“才涉思维，即非禅道”，禅宗经常斩断因果逻辑，回到“平常心是道”。把一首诗写活，就是禅宗所言的“但参活句，勿参死句”，禅宗公案里的一些问答，看似废话或者答非所问，豁然开悟又觉得妙不可言。“哦，他们看到的是樱花/我看到的是樱花树”，“樱花”与“樱花树”这两个物象之关联，实则是诗人道出了不同视域的观看所产生的分歧，他将读者带回还地桥樱花谷的现场，带回一个超越表象的真实世界。任何比喻都可能是失真的，“樱花”与“樱花树”本身并不指向形而上的意义，但是，它们却让客观物在这首诗创造出的语境中实现了诗性言说。

哈佛大学宇文所安教授在《中国传统诗歌与诗学：世界的征象》一书中，将中国传统诗歌（4—12世纪）的经验性、字面性、历史性命名为“非虚构”的诗学传统，以区分于西方诗歌的想象性、隐喻性、创造性的“虚构”模式。“非虚构”与“以诗证史”有某些相通之处，宇文所安强调的是经验世界对于诗人的重要性，中国传统诗人对亲身经历的书写，对日常生活的叙述，常常是相当真实的，因此诗中的词与物是对应的。诗人观物，取类，触类旁通，“类”是汉语里特有的诗学术语，不同于西方的“隐喻”“象征”。宇文所安指出，“在物与人、自然与人事之间形成了一种生命交感的关系，使整个宇宙纳入到一个相互关联而充满活力的循环系统，正是这种类的联系形成了一个无尽的联想序列，它们之间存在着一种相互的联通关系，其反映出整个宇宙间事物的存在秩序和运行规律”。虽然宇文所安的“非虚构”说刻意给中国传统诗歌贴上了一个与西方诗歌二元对立的标签，并不能归纳中国丰富的诗学传统，但是他对“类”作为语意链在中国诗歌里的功能，对“类的联系”作为从生活世界到宇宙秩序的联通方式在中国诗歌里的诗意生成机制，进行了富有创见的揭示。以此来解释物象的直接关联。我们可以说，这种鲜活的、非线性的、时空同一的言说，不仅是对整体世界的反映，而且抵达了世界的本质。

三、对自我的确认

通过物与人、自然与人事之间的关联、交感，诗人确定物在世界中的位置，也确定自我在世界中的存在。将外在世界内在化，便是诗人对世界的信念。读到胡晓光的《风起时一瞥》，我强烈地感受到诗人自我确认之际的颤栗感：

树叶也有羞怯之心
风把它的背面吹出来时
像暴露了它的私处
它颤抖着，用自身的重量迅速翻过来
——《风起时一瞥》

风吹树叶，是人们司空见惯的现象，但是诗人发现了隐蔽/私密—裸露/呈现的意义结构，他发现了私人性的身体伦理，寻求到自身审美的力量，肉身的形而上为精神世界提供了语言，最终他把肉身秩序、文化秩序与宇宙秩序关联起来。“迅速翻过来”，是语言的瞬间行为，近乎本能地回应了伦理的召唤，但是，已经发生的“暴露”如同光之照见，让诗人必须面对被遮蔽的本来之我。

面对本来之我，即是对自身世界的专注。《看见湖滩上吃草的牛》是这样写的：“一头公牛在湖滩上低着头吃草/这时候它是全神贯注的/身上那么多的苍蝇也打扰不了它/

旁边那头母牛也打扰不了它”。“全神贯注”即专注于自身的世界，这是一个本体的世界。“低着头吃草”因此具有神圣意义。庄子寓言里的“庖丁解牛”，能够“游刃有余”是因为“目无全牛”；因为“目无全牛”才会“心无旁骛”；因为“心无旁骛”才会进入一个自由无际的世界。专注是深入自我的不二法门，深入自我才能够凝思至极，实现心灵与宇宙的直接沟通。这里所说的“语言与世界直接关联”，意味着诗产生于直觉，产生于全然忘我、出神入化。保罗·策兰说过，“专注是灵魂的天然的祈祷”。

在《石头》这首诗里，胡晓光以反问的方式，对石头提问，也对自己提问：

我砸破过很多块石头
不为提取它的黄金
也不想去试试它的骨头
我无数次地努力
砸破过无数的石头
尽管我也曾头破血流
我甚至想钻进石头里面去
我的目的只有一个：
我只想看看这些石头的头

石头，你的头呢？

以物观我也好，以我观物也好，都是一种反向的触发，是在对物、我的同与异的探问与确认。为了实现物、我的无碍沟通，“我甚至想钻进石头里面去”，但是“钻进石头里面去”也不能达到与物俱化的境界。末行之问犹如当头棒喝：“石头，你的头呢？”石头非我，“石头有没有头”似乎不是一个问题，但是当诗人兀自面对那个被忽视、被隐藏或者被遗忘的自我时，就如同寻找“石头之头”。非人相，非石相，无我，无物，才是本质上的自我确认，这才是抵达真如的智慧，真如乃万有之本体。

所以，胡晓光可以将自身确认为一切事物：在《参观母亲的冬瓜地》这首诗里，“在故乡/我就是这条冬瓜”；在《葡萄是拥挤的但有序的》这首诗里，“我们那一代人的一家子”就是一串葡萄；在《丁香花》这首诗里，“自己原来就是那主”。他体验万物，泛爱万物，化身万物，有平等心和慈悲心。在《谷子的慈悲》这首诗里，胡晓光赞叹：“那么多的谷子/那么多米白的肉身/那么多命”，他确认了肉身和精神作为生命的意义，确认了人与谷子同样的命运，即自身有限性与无限性的矛盾存在，所以，他写出了谦卑之心、敬畏之心：“低到根部去 低到来路去/低到红尘去”，在世界中安放自己，让自己内在于世界之中。

我曾经写过一篇短文，赏析胡晓光的诗《小跑的马》：

“悲欣交集”是弘一大师弥留之际的绝笔开示。读了胡晓光的这首短诗，我立即想到了这四个字。转识成智，充满法喜，舞动着超越之美。

“好像每一步都有钉子让它的蹄子不愿落地”，人生苦行，步步艰辛，痛楚自知。诗人猛一转折，“它的蹄子仿佛不屑于落地　它害怕它们蒙尘”，凌虚蹈空，超尘脱俗，哪有捷径？

但是，“那被迫的力量也这样轻盈　这种样子容易被我们看成是舞蹈　而好的步伐就是舞蹈”，诗人得到了美好的自我安慰。那是能够含辛茹苦、甘之如饴的修为，更是精进勇猛、上求下化的解脱。人之心迹，不是陷于被动耐受、原地踌躇中，而是用轻盈的舞蹈，从苦境中拔出，别开生面，觉悟美好。

结尾的抒情连用两处“喜欢”，欣欣然见真心。

这篇短文里说到的“转识成智”，是对胡晓光近期诗歌写作的总体认同。何谓转识成智？这里只是借用唯实宗的一个词。对于平常人而言，眼界开阔，阅历丰富，是“识”；自觉内省，向内观照，是“智”；反求诸己，明心见性，就是“转识成智”。我一开始说胡晓光的诗风变了，这与他经历了浮沉商海和生老病死的考验有关，与他在中年以后回中国传统文化里来有关，他开始在精神上清洗自己，无须造作，无须矫饰，归于平淡，归于质朴。写诗写到后面，不是靠才气，不是靠技巧，靠的是本分、诚心。没有解决这个大问题，写得再多都与自己没有关系，都是虚假的、自欺的，和世界也没有关系。胡晓光随手写来，都是些寻常事物、日常生活。阳明先生讲“不离日用常行外，直造先天未画前”，说的本是工夫与本体的关系，也可以拿来解诗。诗是什么？一个人写诗是为了心灵自由，心为本体。一个人进入诗境，就是寻求经验性与先验性的同一，“不离日用常行外”是经验性，“直造先天未画前”是先验性。一个人的自我确认离不开内在经验，也必须超越个体经验，浩瀚宇宙中、先天未画前就是诗境。

诗话

The poem words

胡亮 她们，她们——关于十八家女性诗的札记

她们，她们

——关于十八家女性诗的札记

胡亮

一、林子（1935— ）

1958年初，从哈尔滨到天津，他给她寄去了一部《白朗宁夫人抒情十四行诗集》。他在大学工作，每到夏天，就要带学生去林区实习。她的笔名，“林子”，当然其来有自。他和她正在热恋，却隔着山岳，于是只能细密地通信。在那个时代，爱情即退步，不过是革命的分神之物。如果有爱情被查封，谁也不会感到奇怪。然而，爱情发生了。他和她的爱情的鱼雁，令人想到白朗宁（Robert Browning）和巴莱特（Elizabeth Barrett）的通信：“在十户人家以外（甚至不止十户呢），我就听得你的书信的脚步声了。”巴莱特终于允了前者的求婚，此后，就开始悄悄写作十四行诗——诗与信热烈响应——她就是后来的白朗宁夫人。现在这部诗集唤醒了林子，或者说，唤醒了林子内心的巴莱特，以其爱情之魅，及其艺术之魅。巴莱特生活在羞涩而克制的维多利亚时期，而林子，怎么说呢，也生活在爱情原罪主义时代。可见此种唤醒，绝非偶然。就在1958年前后，林子试写十四行诗，得到五十二首，作为信，寄给了他：他就是她的白朗宁，她的最早而唯独的读者。诗作为信，此种窄渠道的投递，倒也契合古来的传统：看看李白，就曾写有《忆旧游寄谯郡元参军》；苏轼，就曾写有《寄刘孝叔》和《寄吕穆仲寺丞》。诗，信，诗信互文，优化了日常，美化了生活。林子没有想到做诗人，是爱情，将她推向了欲罢不能的写作。暗恋，表白，久别，相思，重逢，怀春，提心吊胆，欲盖弥彰，胸中小鹿乱撞，无不真，无不美，无不善，无不热烈，无不荡人魂魄。“爱教给我大胆”。今天来看，在大陆，在1958年前后各数年，这些诗——还有昌耀——就是最好的诗，爱得大胆，大胆到成为那个时代的异议，当然，也成为那个时代的意义。白朗宁夫人不敢公开她的情诗，白朗宁却不敢专有，后来便也印行，却取了个掩人耳目的书名儿：《葡萄牙人十四行诗集》。而林子的情诗，紧锁抽屉，直到1980年，才在《诗刊》发出十一首。那时候已有舒婷，思想更前卫，技术更先锋，林子自然敌她不过。林子不属于八十年代，而属于五十年代，这样，不免生出来尴尬：五十年代，她不能公开文字，八十年代，她未能引领风尚，两段诗歌史，都已经把她淡忘。1980年前后，林子又写出三十八首，爱情已到成年，通往暮年，在纷纭、疾病和死亡的阴影中，显得更加安宁，更加深沉。

诗人已经得到九十首十四行诗，后来结集为《给他》。2012 年 8 月，林子的他——也是白朗宁啊——突发脑溢血去世，她悲痛欲绝，很快又写出三十首，这是她的灵修的结晶，也是她和他的最后的蜜语。就这样，正如诗人所说，他们完成了“爱的工作”。诗人最后得到一百二十首十四行诗，比白朗宁夫人还多七十七首。佛罗伦斯人民感谢白朗宁夫人，在纪念她的铭文里说，她用诗歌的黄金，连结了意大利和英国。我们也应该感谢林子，她用诗歌的白银，连结了中国的五十年代和八十年代，甚至连接了两个世纪——“文化大革命”，当然也打断了她，却不能取缔她的爱之天赋，也不能取缔她的诗之天赋。不管舒婷以降的女性诗有多么惊艳，现在已到了必须如此承认的时候：在当代，在大陆，林子才是无心做诗而能成诗的典范，更重要的，她才是人性的先驱，才是当代女性诗的源头性人物。

二、舒婷（1952— ）

有的批评家有着奇怪的逻辑，比如，当他们得知在中学生的上锁的日记本里，抄录了舒婷的诗句，就会以此来证明舒婷的失效；正如当他们得知在妓女的手袋里，发现了口红、避孕套和《文化苦旅》，就会以此来证明余秋雨的失效。他们会说，舒婷已经成为青春期的甜点，或是国家美学的下午茶。此种看法也许不无道理；可是，中学生对舒婷的选择性接受，会不会反过来纵容和放大了这些批评家的偏见呢？笔者并不相信，当代中学生，甚或大学生，真的有资格谈论舒婷。从某种意义上讲，舒婷是位具有复调（polyphony）特征的诗人——与她相比，连北岛也显得有些单调。换句话说，她有很多张面孔。1977 年 5 月，舒婷完成了《这也是一切》，用以赠答北岛此前完成的《一切》。后者冷峻、迷惘、怀疑，弥漫着悲观主义；前者则温婉、坚定、确信，洋溢着少女般的乐观主义。后者是“最后的料峭”，前者是“碧绿的早潮”。那些批评家会说，喏，两者泾渭分明嘛。笔者却认为，这两件作品还得往细了说。《一切》乃是今日之诗，绝望之诗；《这也是一切》乃是明日之诗，希望之诗。没有绝望，何谈希望，不堪今日，且看明日。大哥哥有大哥哥的“重轭”，小妹妹有小妹妹的“花冠”，花冠是对重轭的反对呢还是安慰？笔者惊奇地发现，瑞典老汉马悦然（Goran Malmqvist）先生居然回答过这个问题，他说舒婷似乎总是在“扮演一位安慰者的角色”。当然，我们还有其他的佐证。就是在此前后，比如 1973 年，舒婷写出《致大海》，1980 年，写出《献给我的同代人》，1981 年，又写出《会唱歌的鸢尾花》，这些都是北岛式作品。笔者的斩钉截铁，消除不了他者的小声嘀咕。那就来读《献给我的同代人》，“为开拓心灵的处女地 / 走入禁区，也许——/ 就在那里牺牲 / 留下歪歪斜斜的脚印 / 给后来者 / 签署通行证”；再来读《会唱歌的鸢尾花》，“理想使痛苦光辉 / 这是我嘱托橄榄树 / 留给你的 / 最后一句话”。都是赴死者之诗，都是烈士之遗嘱，有何明日可言？又有何希望可言？诗人当年所面临的危险，今天中学生看来如同“虚构”；其所呈现出来的壮烈和崇高，今天中学生读来如同“伪造”。偏见由此而生；甚至有人会认为，舒婷给新诗带来的植物，橄榄树也罢，鸢尾花也罢，似乎具有阴性或右派向度上的语义引申。殊不知，这在当时，恰是对革命意象谱系的大胆更新。在笔者看来，这些植物，不是小姐，而是怒睁了双眼的豪杰。“我历来就是撞得粉碎，我所有的诗篇，都是心灵的碎银。”我们已经看到，舒婷与北岛，曾经肩并肩，面对着权力父亲；但是，有时候，她会甩开北岛，转而单独面对权力异性。当她面对权力父亲，是一位斗争的诗人；当她面对权力异性，是一位既斗争又团结的诗人。此之谓复调。1977 年，舒婷写出《致橡树》，1978 年，写出《思念》，1979 年，写出《双桅船》，1981 年，又写出《神女峰》。舒婷设计了理想化的两性关系，“仿佛永远分离 / 却又终生相依”，这种关系和距离有利于两性——尤其是女性——在获得尊严的前提下获得爱情，甚至获得轻度的羞答答的欲望舒解。当其时，这就是抵抗。今天中学生读舒婷，不见抵抗，徒见热烈而已。其实这些作品不像爱情诗，而像单方面的含苞待放的女权主义宣言。从这个意义上引申开，与其说，舒婷呈现了爱情的困境；不如说，她呈现了人性的困境。“与其在悬崖上展览千年 / 不如在爱人肩头痛哭一晚”。今天中学生读舒婷，不见困境，徒见甜点而已。此之谓复调。不管怎么样，此类作品让诗人名声大噪。权力父亲？算了吧，还是瞄准权力异性。当权力异性的压迫——哪怕是从理论上——不复存在，慢慢地，舒婷也就只剩下了小布尔乔亚的爱情诗。“我成不了思想家，哪怕我多么愿意，我宁愿听从感情的引领而不大信任思想的加减乘除。”这些爱情诗，富氧，高糖，流通性极高，受到了空前热烈的迎迓。就这样，舒婷早期的悲剧性，被今天的读者消解；中期的悲剧性，被蜕变的自我消解——她终于成为一位倪萍姐姐般的温暖而团结的诗人。奇妙的事情发生了：今天派的支持者和反对者，通过舒婷，很快就找到了达成和解形成共识的契机。1978 年 12 月，《今天》发表《致橡树》；次年 4 月，《诗刊》转载这件作品——此后，这件作品就成了保留性的晚会朗诵节目。八十年代中期以后，舒婷已然很少写诗；九十年代以后，重心转向写散文。“文学像一群不善甘休的蜜蜂，围困一棵花期已过的老山楂树。”她也曾如此自嘲：诗歌难以破镜重圆，散文也非白头偕老。从 1996 年到 1997 年，诗人应邀到柏林生活和写作，居然重启诗笔，完成了一批作品，包括长诗《最后的挽歌》。欧洲的后现代主义语境，让舒婷远离了李清照，远离了普希金，远离了泰戈尔，远离了戴望舒，远离了何其芳，远离了蔡其矫，远离了这些决定性的营养，转而开始尝试新的风格：拼盘，反讽，戏剧性，用口语记录日常。是的，诗人甚至写到了“啤酒瓶”，写到了“葱花鸡蛋汤”。对诗人来说，这已是很大的冒险。诗人也曾反复自问：“也许怀个怪胎回来？”——她尚未悉知，当其时，新诗已经怀上了千百个怪胎。

三、王小妮（1955—　）

对于北岛和北京诗人群，王小妮仿佛来自乡野，她以外省的平民的清癯，响应了北京的沸腾，并让《今天》获得了更加蜿蜒的地理学想象。“我走到哪儿，哪儿就成为北方”。某些今天派——如果真有这个今天派——诗人，后来加速遗民化，加速流民化，以托钵僧的妩媚，化得了外在的更为广阔的认同感。而王小妮，仍然直面“此在”——生活、命运和危机——并将写作推向了让人惊诧的境界。如果把她强行划入某个诗派，那么，她既是一位后来者，也是一位立异者、一位独在者，以至于她与这个集团似乎没有太大的关联。诗人从来不欲觅得一位或几位美学同志（或美学上级），恰恰相反，她要摆脱他们，就在他们深陷于温软回忆录之际。“磨砺使我走到今天，使我可以笑着，”诗人也曾谈到她与他们的差异，“端着茶杯和它从容对话了。”说得真好啊。今天派那么冷硬，那么迅疾，那么尖锐，何曾有过从容？我们可以看得很清楚，诗人却以从容而孤独的赶赴，以若干短诗和组诗，挽回了她和他们曾经共有的光荣——如果真有所谓“共有的光荣”。首先要提及的，乃是三个组诗——均堪称死亡组诗。《看望朋友》写到朋友的死亡。这个朋友见证过苦难和历史，见证过“零下二十度的夏天”。朋友，诗人，两者都患有“昨天综合征”。通过这个朋友的疾病和死亡，诗人触摸到了“我们共同的难度”。《和爸爸说话》写到父亲的死亡。从朋友，到父亲，诗人都不是死亡的旁观者，而是死亡的亲历者。她已经置身于——是的，置身于——死亡。“拿走了我们血的/不可能拿走我心里的结石。”这个组诗的第七首，《我不再害怕任何事情了》，既是组诗的压卷，亦堪称内心的压卷。经过大痛苦，乃有大清明。《十枝水莲》则写到水莲的死亡。诗人说，水莲，像导师，又像书童。实则，水莲，就是诗人的镜像。“我去水上取十枝暗紫的水莲/不存在的手里拿着不鲜艳。”细细读来，真是镜像。从这三个死亡组诗——以及其他作品——均可以看出，诗人从来就不是启蒙者，不是高蹈者，也不是对抗者，可以作为反证的是，其写作，曾数度呼应了大地，甚至呼应了干净而古老的农业文明。对于此外的世界，她都保持了足够的疏离感，甚或恐惧感。她的写作，文字，似乎就是为了进入一个“老鼠洞”，以便反复练习个人化的幽闭和苟全。然而，连一块布都“精通背叛”，哪里还会有诗人的藏身之所？外部世界，就是惊扰。“除了人/现在我什么都想冒充。”诗人不断告别，诗句不断涌现——语言和修辞反成为末事，就像一种被捎带出来的额外之物。可参读《一块布的背叛》。同期若干作品，以及组诗《我悠悠的世界》，均堪称半个我之诗、尖叫而悠然之诗。撤退，隐居，都已不可能：你必须参加游戏，然后接受规则的羞辱。我们不难体察到：诗人那看起来轻描淡写的绝望，以及，那看起来轻描淡写的愤怒。此种“轻描淡写”，或会减弱作品的力度，然而力度，以及力度的减弱，均非诗人刻意所为：她就像这样一位从容的散步者，走走，看看，停停，遇到一片可以独坐的树林，没想到已接近了山顶。

四、翟永明（1955— ）

翟永明从未将男性作为某种革命对象，换句话说，她从未从阶级的角度，而是从两性依违的角度，来直面和反省女性的处境（包括困境）。在组诗《女人》小序里，翟永明曾有谈及“自己的深渊”，谈及“与生俱来的毁灭性预感”，似乎并没有将花枪指向权力异性。所以说，翟永明并非女权主义者，而是女性主义者，顶多算个修正女权主义者。明乎此，乃可顺藤摸瓜。1984年，诗人完成《女人》，1985年，又完成《静安庄》。《静安庄》是对杨炼式史诗的尾随，而《女人》，则是对舒婷式女性诗的突进。翟永明与舒婷有何不同？后者意在女性立场，前者意在女性体验或女性意识。独立，平等，这就是立场；可是事情哪有这么简单？对于翟永明来说，舍此而外，还有“狂喜”，还有“昏厥”，还有“疾病”和“死亡”。“橡树是什么？”翟永明此问，把舒婷及其《致橡树》都逼入了过去时态。《女人》共有二十首，作者偏爱《母亲》，读者则偏爱《独白》。“我，一个狂想，充满深渊的魅力/偶然被你诞生。泥土和天空/二者合一，你把我叫做女人/并强化了我的身体”。建筑师刘家琨先生对诗人说，“我读到了黑夜”，后来诗人就把那篇小序名为《黑夜的意识》——“黑夜的意识”，“意识之最”，这些说法由是风行诗界和学界，循此，当代女性诗很快滑入了露骨的身体叙事，反而让翟氏《年轻的褐色植物》都显得过于含蓄。对于翟永明的几乎全部作品而言，《女人》犹如定音鼓：既是主题的定音鼓，亦是风格的定音鼓。什么主题？女人。什么风格？独白，或者说自白——普拉斯（Sylvia Plath）式的自白。1996年，诗人完成《十四首素歌——致母亲》。这部长诗乃是对《母亲》的扩展性重写，一次对话，一个双重奏，叙述了两代女性在命运上的交错，情感上的对比，还有思想上的变异。无论是“我”，还是“母亲”，最终仍不免是难分难解的“我们”：“什么样的男人是我们的将来？/什么样的男人使我们等至迟暮？/什么样的男人在我们得到时/与失去一样悲痛？”诗人的回溯并没有完结，在此前后，她还曾写下若干诗文，献给柳如是、邱砚雪（“无考女诗人”）、李清照、白素贞、鱼玄机、薛涛、花木兰、祝英台、苏蕙或孟姜女。诗人甚至认为，鱼玄机最有女性意识。不信吗？可参读翟永明《鱼玄机赋》、鱼玄机《游崇真观南楼睹新及第题名处》。面对秦以来的女性传统，诗人钩沉索隐，在互文性的书写中构建了一个“巨形女性”，或者说一个大历史意义上的“女性家族”。这个家族的成员还包括某个十二岁的雏妓、莉莉、琼、曲春华、田蔓莎、祖母、林徽因，以及若干当代女诗人。然而，出乎我们的意料，翟永明并非婉约派，所赖者，刀斧也，非针凿也，故而遣词造句每归于生硬和粗线条，甚至荡漾着男性或英雄主义的纹理——据说与她嗜读武侠小说有关。来读《更衣室》：“在我小小的更衣室/我变换性别、骨头和发根”。这种扰乱话语性别的小动作，尤其体现于其晚近完成的长诗《随黄公望游富春山》。此诗大量摹写古代男性话语，比如“垂钓”，比如“渔樵”，比如“归隐”，比如“政权”，比如“走马苍崖”，比如“高士”，种种摹写无非戏拟，以退为进，图穷匕见，最终是要建立当代女性话语。“我可以是村妇是村姑/也可以是一个侠女　我可以是/采药人　也可以是一个女道士/我以女人的形象走在山水间”。从《富春山居图》，到《随黄公望游富春山》，既是从古画到新诗的转换，亦是从男性书写到女性书写的转换。翟永明的几乎全部重要作品，正如《编织和行为之歌》自供，“谈论着永无休止的女人话题/还有因她们而存在的/艺术、战争、爱情”。前述作品不是组诗，就是长诗，其长诗与组诗，恍如小说，尚有多部值得另作研究。谈到这个问题，唐晓渡先生曾经说，“有多少欲望，就有多少语言”——他是在引用巴特（Roland Barthes）的金句。然则，诗人的短篇亦颇有佳构。笔者曾就此向钟鸣先生讨教，后者独爱《土拨鼠》，亦如周瓒女史首推《潜水艇的悲伤》——此处均存而不论。翟永明的写作，有两个转折，须得交代明白。其一，九十年代初期，自白风稍歇，诗中渐有细节、场景和戏剧性对话。钟鸣先生所谓“在纽约把普拉斯还给普拉斯”是也。可参读《咖啡馆之歌》《小酒馆的现场主题》。其二，二十世纪初期，汉风益炽，诗中渐有文言、旧体诗词和古代文化元素。《鱼玄机赋》和《随黄公望游富春山》而外，可参读《在春天想念传统》（共有三首）。最后的小结，可能就会显得比较调皮：翟永明的诗——还有美貌——互赠了光辉，让她早就得了大名，作为女性主义者，或作为修正女权主义者，我们的诗人将情何以堪呢？

五、荣荣（1964— ）

当代女性诗夺人耳目，缘于忽如而来的女权主义（Feminism）。此种女权主义，如春风，如草莓，如针尖，伴随着挑衅式的身体叙事。女权之心不能全部交给身体，那么，就先交给文字，先交给身体叙事。到了后来，身体叙事过激了，过剩了，女权主义反而成为一个自慰器、一个乌托邦。在此种语境下，女性诗，不免都是“观念”的产物，白得刺眼，灰得伤心，充满了奋不顾身的遐想。宣言喊累了，这些女诗人就会慢慢返回：从书卷中的女权主义，返回到女权主义的现实处境。这是个拉锯的处境。吾往矣的女性诗，慢慢地，也就从“观念”，返回到刻骨的“体验”。没有主义，唯有深渊。荣荣正是如此：她面对着自己的深渊，以及，异性的深渊。她的几乎全部作品，都在不断新写——或重写——古老的互文，或者说，古老的骈句。骈句，互文，她和他，男左女右。她和他的互文，亦是乌托邦。且看诗人如何写来？“相互的绿和花开”，可参读《爱相随》。“互为花朵”，可参读《仪式》。“花与蜜的互置”，可参读《好人》。若干年前的《致橡树》，在诗人这里，简直余音绕梁。荣荣不是舒婷，她愿意相信乌托邦，却不得不更加相信来到面前的蒺藜。于是，慢慢地就只剩下了骈句。“他是她来来往往的小宝 / 她是他朝朝暮暮的寂寞”，可参读《心神不定》。有恨，有爱，无赖，无奈。此种骈句，两行，短兵相接，每每玉石交焚。上联是亮，下联是暗，上联是变质，下联是虚设，上联是伤口，下联是身心分裂。可参读《谁沾上了爱情》《安良》和《两极》。前面已说到小宝，这个家伙，背着喷雾器，他的面孔——他有很多张面孔——在所有骈文里隐现。他自幼熟读兵书，精通分寸，能近能远，可重可轻，亦真亦假，话里开出一架火车，心里没有半滴汽油。他就是个局外人，却说，他得故意伪装成局外人。可见互文也罢，骈句也罢，最后都不过是飞鸟各投林。千古之局，千古之结局：她一个人面临着两个深渊。故而，体内，心内，有“烈马”，有“火”，有“闪电”，有“鼠族”，有“蟒”，有“一只老虎”。可参读《诉求》《过错》《绣像》《场景》《又一个》和《越来越》。小宝啊小宝，你犹灿烂，我已荒芜，天不遂人愿，“独自奔向老年”。诗人告诉我们——通过她的作品——爱试探了人性，成全了写作，写作就是对爱和人性的研究。此种研究让人迷醉，以至于，很多时候，她不能太分心于修辞的斗险。荣荣的全部作品，见证了人性的明暗，既是爱的小悲剧，亦是爱的大哲学，堪称两性问题研究丛书——消化不良的女权主义者，还有拜物教、洛丽塔以及爱情乌托邦主义者，都严禁入内。

六、鲁西西（1966— ）

对鲁西西来说，《圣经》既是生命的根据，也是写作的根据。没有这个根据，生命和写作必如脱轨的火车。方向不容置喙，那么，火车也就是领取了圣餐的火车。火车疾驰，向着远方，更向着上方。小心不要脱轨啊，诗人叮嘱着，写出了若干诗篇。《诗篇》《珊瑚虫》《这些看得见的》《梯子》和《给他们的他们不知道》，这些作品，也许更适合耳朵。听听吧，听听吧，慢慢就会听见上帝的细语：来自远方，亦来自上方。不是每个人，都能够听见上帝的细语。“给他们的他们不知道”，往往是这样：汉语只听见了自己拉长的耳朵。诗人喟叹着，又写出了若干诗篇。仰望星星和上帝，诗篇作为礼物，拿不出手，也要拿出手啊。难道就没有另外的情况，比如，诗人获得了上帝的准假？要回答这个问题，就不免嗫嚅。也许可以举出《喜悦》，来试着表明，诗人这次真的在度假呢。在这个小型度假区里面，多么出人意料，到了最后，我们还是隐隐发现了耶和华的圣踪：“喜悦”医治了膝上的伤，并且，带来了光。“喜悦”即上帝。不仅是《喜悦》，很多作品，诗人都从《圣经》借来典故。有没有典故，不要紧，有没有《圣经》，那可要紧得很。作为诗人，鲁西西并不需要扎眼的异质性因素——是的，她不需要海洋之星，也不需要舶来的耳环。她只是心甘情愿地接受了——并且不断接受着——那高尚而永恒的辉映。诗歌只是作为礼物，仪式，以及字和词的哥特式教堂。还有其他的礼物，仪式，还有真正的哥特式教堂。做个诗人？这不重要。鲁西西可以说不做就不做。她通过写作——也可以通过弥撒、礼拜和忏悔——来做一个上帝的信徒，并凭此无望地逆转着这个加速飞旋的世界。

七、蓝蓝（1967— ）

那只狗叫“土豆”，病死了，这只狗仍叫“土豆”？对蓝蓝来说，这可是个不小的问题。她稍作沉吟，有了决定：不叫“土豆”，叫“毛豆”。两只狗都是蓝蓝的至爱，都有尊严，其中，没有哪只狗是影子或替代品。土豆，毛豆，命名了两只狗：植物命名了动物。正如我们所知道的，一切植物，一切动物（特别是小动物），以及两者的琴瑟，都是蓝蓝——此前则有顾城——成为诗人的初因。顾城，蓝蓝，都是童话诗人，都是自然诗人。两者有何不同？似乎可以这样来回答：顾城不会老，蓝蓝还了童。来读《在我的村庄》，“夏天就要来了。晌午/两只鹌鹑追逐着/钻入草窠/看麦娘草在田头/守望五月孕穗的小麦/如果有谁停下来看看这些/那就是对我的疼爱”。除了鹌鹑、麦娘草和小麦，蓝蓝还写到野葵花、向日葵、蜂群、椰林、马莲草、野麻、红甲虫、槐花、灰斑鸠、鼠尾草、香樟、栗树、苹果树、椿树、刺柏和紫叶李。这些动物和植物，都是仙境，都是圣殿，都是神祇，都是福音书。诗人——“小嘴穷孩子”——俯身于葱茏而萧散的乡村，既领到无上的欢喜，又怀有无垠的担忧。欢喜，担忧，足以成全单纯的抒情诗。至于修辞，来迟了，只占得宾位，可以称为“被动修辞”——这是笔者的杜撰，下文还有发挥。顾城不问人事，死于天真；蓝蓝呢，却不能金蝉脱壳。

天真是个小站，人事是个大站，只有往返，岂有起点与终点？来读《一切的理由》，“我的唇最终要从人的关系那早年的/蜂巢深处被喂到一滴蜜”。诗人说的是什么？想来当是天伦。天伦近乎天真，当然就很甜。然则，人事非仅天伦，一滴蜜，映出了四面苦海。从这个意义上说，《一切的理由》，乃是诗人全部写作中的大过门。眼看着，天真，经由天伦，就要浪迹天涯。什么样的天涯？伤害、屈辱与毁灭的天涯。在这样的天涯，诗人是烈士，也是宗教徒，偏要去完成爱的自习课和美德的必修课。批判，赞美，开始了。危险，崇高，也开始了。来读《于是，我写下》，“那在毁灭中诞生我的/——我怎么能停止爱你？”再来读《悲哀》，“不要朝我微笑吧：/我所有被称之为美德的东西都源于/它曾经触及过罪恶。”再不是单纯的抒情诗，而是矛盾的抒情诗，再不是“被动修辞”，而是“主动修辞”。艰难的爱，艰难的美德，越艰难，越矛盾，越需要及时而考究的“主动修辞”：亦即蓝蓝所谓“比愤怒更大的火焰”。什么是本，什么是末，谁能说得清楚？什么是诗学，什么是数学，谁又说得清楚？那就写得更俭省，更破碎，更迟疑，更陡峭，当然，也更精确。孤词成句，孤句成节，孤节成篇。更多的句号，更多的破折号。每个句号都像一个“寡妇”，每个破折号后面都跟着一群“隐身狐狸”——这种破折号神功，简直可以直追狄金森(Emily Dickinson)。来读《巨变》，“多么艰难——/有时候却仅仅是那一点点语调/千分之一秒的停顿/或者/一个标点符号——”语调，停顿，标点符号，难道可以导致“巨变”？从来就没有无缘无故的修辞，也没有凭空的想象力，任何修辞和想象力的异动，都有可能带动或配合处境的“巨变”。此种“主动修辞”，有生气，亦有勇气，必将给奥威尔（George Orwell）所谓“新语”带来意外和事故。从这个角度说，“主动修辞”，简直就是情书和良知！蓝蓝的作品——尤其是后期的短诗和片段——就精湛地证明了技艺与良知的互动关系，证明了她说过的那句碧绿的内行话：“想象力——对其他事物命运的关注和承担。”

八、杜涯（1968—　）

如果在写作课的讲席上，年轻的教授——他有快乐的童年——试图否认童年的决定性影响，杜涯就会举手，看吧，不及获得允许，她已从人群中站起来说：“童年的黑暗是一生的黑暗。”是啊，青年，中年，越往后，越是深陷于无边的童年。童年不是漫漶之物，而是不断来临不断细节化之物。童年之针——对于杜涯来说，就是凋谢之针、伤害之针、死亡之针和月光之针——总是给一生带来细密而尖深的针脚，让我们一次次醒回童年，转而视青年中年如大梦。童年，以及与之相濡的故乡，就是杜涯长期以来不断面对的“遗址”（这个说法来自耿占春先生），因而其全部作品，都可以视为哀歌、挽歌，或是安魂曲。故乡，大地，老树，花开花落，葬在城外的少年，从山梁上跑过的野兽……杜涯抚摸着这些已经凋败或是即将凋败的事物，心甘情愿加入与它们共有的命运。“我身居楼房，却想着远处冰冻/的河面，和天晴后树林那边的雪原”。可参读《岁末诗》，还可参读《河流》。漫游者，凭吊者，合而为杜涯，自始至终是杜涯：一个可能——

乃至就是——以未亡人自居的杜涯。杜涯不欲唤起受众的悲悯，也许在她看来，受众亦如花树，在在都是可哀挽之物。杜涯是撕心裂肺的吗？很奇怪，不是这样：她出奇的平静。此种平静，只是一个风暴眼，尝尝吧，马上就可以回味出加速旋转的绝望。有风暴，才有风暴眼，杜涯的平静，我们必要晓得其来处。值得注意的是，杜涯的作品，从来没有体现出时代性的特征。换句话说，她所针对的不仅是工业时代和城市经济时代的农村，而超越了时代，也超越了农村。因而，她的绝望与平静，并非来自一个弱者，而来自人类的亘古的绝望与平静——即便与陶渊明或华兹华斯（William Wordsworth）相比，也没有什么大的不同；即便名之“消极浪漫主义”，似乎也没有什么大的不妥。杜涯的写作也没有任何文学进化论意义上的功利性，因此，与其说她获得了一种“逆现代”特征，不如说其他当代诗人集体性地求得了一种“后浪漫”风格。天下熙熙，天下攘攘，杜涯的“当代性”或“当代意义”何在？我认为，不可能是技术之翻新，更不可能是思想之趋时，而无可争辩地体现为境界之致远：“拾捡楝实的上午，母亲，我惶惑于 / 我的内心：它只有平静 / 而没有了痛苦”。可参读《楝实》。总览杜涯，其作品，以短诗为主，亦偶有长诗——比如《星云》。她的辞藻、语调、节奏、氛围，都是如此雷同，以至于全部作品都趋向于混成一件作品——这在让读者感到单调的同时，也固执地强化了其单调的力量。从最近几年的走势来看，由于学了李贺，杜涯的一些作品从平易入峭拔。“青黛心”？“寂芳”？“永暗”？我们在充满期待的同时，不免又有与之相拗的担心：此种字句上的斗险，会不会搅动她的内在的平静呢？

八、宇向（1970— ）

宇向打了个比方，说，她掀开了那块石头，下面的小虫子拼命逃跑，是的，它们需要黑，却猝遇了强烈的光线。光线如错爱。当父亲把六岁的宇向从乡下带进城里，她也失掉了小虫子之黑，在某种“暴露”里面展开了“并不健康的成长”。绘画，写诗，既是此种成长的成果和后果，也是从光线开始逃跑的路线。宇向，小虫子，谁的运气更好一点点呢？如果是宇向，她就不会绘画，更不会写诗。以是故，可以这样说——这样说似乎显得很奇怪——宇向的艺术世界，含有对这些小虫子的最初的心疼，以及最终的嫉妒。在宇向的诗与画之间，展开一番跨学科研究，侦知两者的互文性，虽有必要，却非笔者所能。单从其诗来看，她似乎藉此做了两门功课：不妨就称为“隐身术”和“显身术”。奇妙之处在于，宇向似乎分不清这两门功课的界限，反而用隐身术的原理，解开了显身术的方程。这种吐和吞的技艺，恰是古往今来诗学之精要。宇向亦有一首诗，偏偏叫做《半首诗》，就表达了这路诗学的奥义：“一首诗”会被别人拿走，只有“半首诗”才能留给自己。西游归来的赵毅衡先生曾击节赞赏此诗，他说，“如果让我推荐一首当代诗，仅仅一首，《半首诗》是我的选择，原因？用小聪明写出大聪明”。赵氏精研形式论、叙事学和符号学，读中外诗，此语绝非虚发。如果我们愿意细细读来，就会发现，宇向很多作品都是半首诗，或者说，很多作品都是由两个半首诗来构成。“腐烂的”是半首诗，“新鲜的”则是另外半首诗。“苍蝇的生活”是半首诗，“圣洁”则是另外半首诗。“床上的身体”是半首诗，“骨灰盒里的灵魂”则是另外半首诗。诗人往往只写半首诗，看上去似乎就要越过“道德”的雷池；然而，不，另外半首诗——或没有写出的半首诗——还藏有“精神”的乌托邦。在写出和没写出的两个半首诗之间，或者说，在同时写出的两个半首诗之间，我们明显地觉知到如此性感的“张力”——笔者很少使用这个术语，这次，看来已然是非用不可。张力来自何处？来自两头蛇，来自双尾蝎。多年以来，从年轻的宇向，到已不是特别年轻的宇向，笔者都隐隐看到，就在她的内心，长期幽居着一个历尽伤害、洞察世情而又超越尘俗的暮年美人儿。这个暮年美人儿，唆使诗人一边调侃表面意义上的好，一边虚张表面意义上的坏，两栖于天使或白骨精的洞府，而又自有一座永远的“个人岛屿”。宇向的读者，若是老同志，又只看个皮表，难免会乱了方寸，最后还会显得猥琐。这且按下不表；从发生学的角度来看，宇向的作品，当是天赋、直觉和本能的产物，这已经在不小的范围内达成了共识；而此种天赋、直觉和本能，易于在率尔操觚的写作中不断走向分散，我们期待着宇向能够成为一个痛快的例外。

十、尹丽川（1973—　）

尹丽川有尹丽川的圈套，我们有我们的原形。此话怎么讲？来读《为什么不再舒服一些》，“啊 再往上一点再往下一点再往左一点再往右一点”。这是在写啥？我们嗫嚅着，“做爱？”尹丽川两指夹烟，坏笑着，花枝乱颤，揶揄着我们的居心，“这不是做爱　这是钉钉子”。接着呢，快一点，慢一点，深一点，浅一点，轻一点，重一点，松一点，紧一点，也不是做爱，而是系鞋带、扫黄、按摩、写诗、洗头或洗脚。尹丽川的试纸，显出了我们的原形。我们都是谁？文艺男，闷骚，未遂强奸犯，油腻中年，还有道貌岸然的老光棍。这个读者反应小试验，尹丽川稳操胜券，而我们，被她扒了皮。什么皮？纯洁。什么肉？不纯洁。那么，诗人所写，真不是做爱？钉钉子，是本体还是喻体？做爱，是喻体还是本体？我们不敢随便作答，眼巴巴，但看诗人的脸色。再来读《我们是如何度过了新年》，“是谁设计了／这道一针见血的门／我绝不想比喻什么。我说的是／自动转门”。我们已经没辙，只好附议：她确实不想比喻什么。然而，诗人的花招，并非声东击西，而是声东击东。声东击东，其间，向西虚晃了几枪。诗人看过了没皮的不纯洁，或许会说：他妈的，怎么啦，我就是写做爱，我就是喜欢下半身！下半身意味着新鲜、肮脏、酥麻、激动、快活、大汗淋漓、痉挛和隐瞒，上半身呢，则意味着礼仪、禁忌、苟且、活受罪、皮笑肉不笑、硬撑和装模作样。尹丽川的意义或在于，怂恿下半身，挑逗和冒犯着我们的上半身。大白菜、土豆、两块肥肉、洞……都是本体，都是喻体，都是身体。可参读《经过民工》和《爱情故事》。尹丽川的这批作品，不妨暂且称为情色诗。情色诗是尹丽川的前锋，而情色小说，则是她的中场和后卫。可以参读短篇《偷情》和长篇《贱人》。情色诗，从夏宇，到唐亚平，乃是新诗的一个小传统，到尹丽川，这个小传统已然变本加厉。情色小说，从明朝，到清朝，乃是古典小说的一个小传统，到尹丽川，这个小传统已然破茧化蝶。古典情色小说，或有三种立场：男性中心主义，女性中心主义，以及两者的并行不悖。可分别参读《肉蒲团》《痴婆子》和《灯草和尚传》——尹丽川的《青春之歌》，就人物关系而言，或可视为对这些小说的当代重写。男性中心主义，通俗地讲，就是进攻和征服主义，就是占便宜主义，就是摸了一把主义，就是采阴补阳主义。诗人见过女人骂街，“用着男性术语”，可见男性中心主义甚至已经成为女性的无意识。尹丽川的诗与小说，就是要撕碎这种古老而怪异的单方面协议。贼采了花，花也采了贼，哪里有什么中心，谁能说谁占了谁的便宜？仔细玩味《为什么不再舒服一些》，不难发现，诗人运用的是教唆的、颐指气使的、着急而善变的、不容分说的口气，不会给听者——应该是男性吧——留下任何谈判的余地。诗人有所不知，在《灯草和尚传》，在第五回，秋姐早已发表过更流氓的女性中心主义宣言，“都是一个妇人家，谁不想偷几个男子汉？”秋姐是秋姐，尹丽川是尹丽川。对她们来说，性的游戏特征，身体的快乐功能，却都是天赋人权，与道德、伦理和集体主义没有半毛钱的关系。没有游戏，没有快乐，就会成为罪犯、变态狂或精神病患者。但是，道德、伦理和集体主义，作为教育和环境，仍然捆绑着当代女性。诗人是个“好榜样”，她也收集、讥讽和挽救着若干“坏榜样”。动辄脸红的女孩，女研究生，妈妈，只有塑料身体，那就都是“坏榜样”。来读《妈妈》，“自从我认识你，你不再水性杨花 / 为了另一个女人 / 你这样做值得么”。尹丽川有着桃花眼，有着狐狸心，她的诗，亦堪称欲望之诗、快感之诗、“犯贱”与“无耻”之诗。我们一边这样说，一边又觉着哪儿不对劲儿。诗人鲜有——却真有——几次自辩，来读《解决》，“我有多邪恶 / 就有多善良”。尹丽川有两道门，这两行诗，就是两把钥匙。侯马先生同时持有两把钥匙，故而，就有资格献诗给尹丽川，“她比鸡还漂亮 / 却像少女一样羞涩”。那就这样来小结吧：在尹丽川这里，下半身，上半身，前者对后者，与其说是反对，不如说是校对。

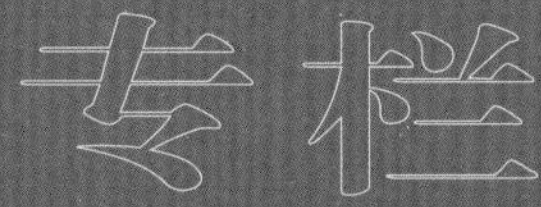

霍俊明专栏

HUO JUNMING's Column

"你是我最好的灵魂的朋友"

“你是我最好的灵魂的朋友”

——陈超与八九十年代的女性作家

陈超是我一生不可替代的朋友！
——铁凝

我亲爱的朋友，灵魂的朋友，常来
常来梦中坐坐
——张烨

八十年代中期曾掀起女性诗歌的高潮，其中以伊蕾、翟永明、唐亚平、张烨、崔卫平、陆忆敏、林白、海男、沈睿、林雪、张真等为代表。她们将女性经验和自我意识呈现在这一时期的诗歌写作中。尤其是翟永明的《女人》（组诗，《诗刊》1986年第9期）、伊蕾的《独身女人的卧室》（《人民文学》1987年1–2月合刊号）、唐亚平的《黑色沙漠》（《人民文学》1986年4月号）以集束炸弹的效果引起了整个诗坛的空前轰动。这犹如巨大的磁场吸附了当时如此众多的新奇、热烈、不解和批判的目光。而陈超无论是与这些女性作家、诗人的交往还是对她们诗歌文本的细读和现象学意义上的剖析都代表了那个时代真正的诗人批评家所达到的高度。

1

陈超敏感而精准地阅读和分析了八十年代中期以来这些带有实验性的女性诗歌，尤其是在其中一些诗人受到当时诗坛严厉批评的时候，他敢于站出来说真话予以维护。而对于河北的伊蕾、李南、杨如雪以后胡茗茗等女诗人的写作，陈超也起到了不可忽视的作用。尤其是对诗歌写作中存在的问题，陈超仍是直言不讳。《诗刊》2002 年开始推出下半月刊，陈超强调《诗刊》应该有意识地提倡朴实而技艺深厚的作品，少发那些修辞漂亮而内容平庸的诗（《诗刊》2002 年 8 月号下半月刊）。这份批评的自觉和良知对于今天众多的诗歌研究者来说显然是一种鞭策。2006 年夏天，在石家庄罕有的凉爽的日子里，陈超在评价胡茗茗早期诗歌时毫不含糊地予以了批评，尽管二人是非常要好的朋友（按照陈超的说法就是"朋友作得单纯，彼此认同的是日常生活中的那个人，简单、直接，有点儿天真，对生活的细枝末节有着敏感和好奇心"。）"那时她的诗虽已高于一般的诗歌写作爱好者，但以诗本身的标准看，还有明显缺失。一是，她的情感显得类型化，虽然真实，但个人经验尚未得到准确显现。情感，特别是文学青年的情感，有许多是从自己倾心的读物中获取的，不能说它不真实，它的真实就在于作者本人不知道它不真实。而个人经验，则是生活中骨肉沉痛一点点汇聚沉积而成，将之准确呈现出来，才能达到生命和艺术双重意义上的真实性。"（2006.8.14）而对于后来越写越好的胡茗茗陈超则是不吝表扬，由衷地予以肯定和鼓励。陈超老师去世当天，在三宏公寓我见到了胡茗茗，她的眼睛都哭红了。陈超住在 14 层。陈超离世两年后胡茗茗对我说她也住在另一个居民楼的 14 层，竟然连房间号都一样，也是 1401。那天，其中南侧的那个电梯也鬼使神差——只要是有人到 14 层，那个电梯在咣当声中抖动得厉害并且电梯门只是打开一条缝儿。所以，乘这个电梯只能到 13 层或者 15 层，再爬楼梯上去或下来。这让人不解又有些不安。出了电梯，楼道里一片漆黑，一点亮光都没有，竟然撞到了墙和满是尘土的自行车上。

2014 年陈超去世后，在一些媒体和网站上铁凝被引用的最多的一句话是"陈超的离去是中国文坛的巨大损失"。而在我的脑海里，铁凝的另一句话却让我感受到真正的朋友之间的意义。铁凝说："陈超是我一生不可替代的朋友。"2014 年 10 月 31 日傍晚，我在陈超的家里听到铁凝对杜栖梧说这句话，她们相拥痛哭。那一刻，在场的人无不落泪。也是在客厅，铁凝向在场的人介绍我时才得知我是陈超老师的学生。因为第二天公务外出，铁凝必须当天赶回北京。大家到电梯口送别，铁凝临近电梯的时候和大家相拥告别。她说了一句话，至今仍让我动容——“俊明，你是陈超的学生，多陪他一会儿。陈超是我一生不可替代的朋友”。楼道是黑暗的，可那句话我知道它会照亮陈超去天国的路。陈超应该宽慰。人生得一知己足矣，斯世当以同怀视之。何况，陈超的意义已经不再局限于朋友和诗坛。

铁凝1957年秋生于北京，可是对于她的成长和文学之路来说河北却成了精神的故乡。她比陈超大一岁，因为共同在河北省作协的缘故（尽管陈超只是挂名的作协副主席），陈超与铁凝成为非常要好的朋友。这更在于朋友之间的相互吸引，比如陈超一贯的性情、幽默、睿智，一贯为他人考虑、从不给他人找麻烦。还有一个深层的原因还在于铁凝对诗歌的喜爱。河北师范大学曾有一个传统，每年举行一次诗歌朗诵会，而铁凝都会如期而至。从这一点上，陈超的诗人身份又从另一个更重要的维度使得他和铁凝成为知音。铁凝在接受贺绍俊专访时曾强调自己与诗人的关系很好，“因为我的内心是很尊敬诗的”，“德国的作家格拉斯，写《铁皮鼓》的这位作家，他说，好的小说其实是从诗里诞生的。我特别同意这个观点。我确实曾经妄想当一名诗人。现在如果要找还能从笔记本上找到当时在乡下写的诗，后来我发现我不行，不愿意让人看，失败，不好。所以我开玩笑，说我当不成诗人，注定当不成诗人，才想要去当一名小说家吧”。早在1977年，铁凝就在《天津文艺》第10期发表了一组诗（《河北文艺》也发过一些诗）。尽管这些诗带有那个特殊时代的印记，但是通过语言、想象力、叙事能力以及场景的撷取来看，这几首诗是有一定水平的。这组诗命名为《丰收纪实》，包括《浇麦小唱》《割麦曲》和《分量》。在那个年代，农业劳动成了很多诗歌的主题，在这样大体固定和模式化的语境下能够写出像样的诗歌已经非常不易了。而铁凝的这三首诗尤其是《分量》已经可以称得上那个年代的优秀诗作了——尽管其中的一些缺陷是那个时代共有的。

铁姑娘车队拉着棉花进村，
马儿像拱着蓝天驾着白云。
唱着卸车，笑着入库，
库外是银山，屋内灌满银。

管库员刚要锁门，
队长说：“等等！”低头拽起衣襟，
她摘下沾在身上的一瓣棉花，
花瓣轻轻地飞进库门。

姑娘们学着队长，

也细细查看全身。
无数朵小小的银花，
都飞进大队的银囤。

它们没啥分量，
重的是姑娘们那颗颗红心。
银潮虽然满地流淌，
一朵银花也得归入公社的聚宝盆。

值得一提的是铁凝在1990年代初还写过几首诗，曾收入《诗神》建国五十年诗歌大系。

铁凝和陈超还有一个共同之处：他们都有一种知识分子的独立精神和品格。

1986年在清除精神污染的运动中，铁凝被河北省作协的两位领导找去谈话，让她检讨自己的写作思路和问题，铁凝却说自己的小说就是反污染的，“领导说今天下午就有一个关于马列主义的讲座，你去不去听？铁凝问，这是组织的安排还是你们的提议？领导说当然组织不能强迫，这是我们的提议。铁凝说：既是你们的提议，那我不打算听，我还要坐火车回家呢。可以想见那两位领导当时的反应，也可以想见铁凝冒着背黑锅危险的满肚子委屈。多年后铁凝在接受贺绍俊的采访时还回忆道：这个时候我哭了。我在街道上一边走一边哭，当时我突然想到人生竟然是这样的，竟是这样无情的。坐到公共汽车上，我就非常想家，觉得我的家庭才是我的后盾，我的作品没有什么精神污染，而我的父母相信这一点。到了火车站，我看时间还充裕，就走进站边的商店，我一下看见了酸奶，我非常爱喝酸奶，我就买了两瓶，坐在那儿喝。喝完奶，我的心情也好转了。”（《铁凝评传》，郑州大学出版社2005年1月版，第79页）1993年铁凝完成中篇小说《对面》，这是铁凝以男性视角来叙述的实验性文本。陈超曾经写过几篇关于铁凝小说以及相关的回忆文章，《生命的眩晕和疼痛——读铁凝〈对面〉随想》（《文论报》1993年7月17日）《写作者的魅力——我认识的铁凝》（《时代文学》1997年第4期）《噬心经验的“幽会”——谈铁凝小说〈大浴女〉及其启示》《打开铁凝的“后花园”》等。

铁凝这样评价陈超的诗歌：“我喜欢他的诗，是因为在他的诗中我反复感受到了陈超恰如其分的善良，诚实，他特殊的温暖的忧伤，和朴素的明澈。他的善良恰如其分，不比善良少，也不比善良多。陈超近年的诗像马蒂斯的剪刀下的剪纸那样，单纯而明净，能够唤起我们的内心感动。”而当陈超在一篇关于铁凝的文章中公开称赞铁凝的美丽时，我们不能不为怀有一颗“一片冰心在玉壶”的陈超而感怀了：“而铁凝也的确称得上美丽。在我的朋友中，还没有谁像她这样其形象给我巨大反差。安静时，她从外形到气质像是油画家靳尚谊或杨飞云喜欢画的那类人物肖像，深邃而典雅 可当她快乐起来，马上像个无挂无碍的女大学生。这两种彻底搭不上边的气韵却能和谐统一在她身上，令朋友们感到微微的‘惊异’。”（《写作者的魅力——我认识的铁凝》）

2015 年 3 月 6 日中午，我与上海的张烨联系陈超的资料，她在电话中止不住地哭泣。此前我只和张烨在一次诗歌活动中见过。在一辆大巴上我和张烨坐在一排，她靠窗。当年张烨知道陈扬（当时还叫陈默）的病情后还专门从上海买药寄给陈超。对此陈超一直感念。1992 年 11 月陈超在赠送给张烨的《中国探索诗鉴赏辞典》的扉页上抄录了写给张烨的一首诗："敬爱的牧神，以及本地的 / 一切神灵，请保佑我具有 / 内在灵魂的美，保佑我 / 内外和谐，表里如一。让 / 我相信智慧即是富足 / 让我拥有对于生活节制者 / 是恰如其分的财富。"张烨说在自己的精神低迷时期陈超给予了她在人生和诗歌上很多的鼓励。陈超离世后，张烨追忆曾经无比真切而恍惚莫名的往日时光："我知道你为人宽厚 / 这更教我悔泪长流 / 融进冰雪呼喊你 / 站在火焰摇醒你 / 唯一的慰藉，生长在无垠的疼痛——/ 上帝终究要收回遗落人间的星 / 是的，一切都已过去。但 / 当我仰望夜空的时候 / 一切又都回来了 / 对着夜空默祷，而我 / 要做的是：以诗为粮、为灯、为火焰 / 我亲爱的朋友，灵魂的朋友，常来 / 常来梦中坐坐。"

2

陈超辞世之后，伊蕾曾数次哽咽着打电话给郁葱，并约好一起找一个安静的地方地去想念在他们的诗歌历程中最为重要的人。"你是我灵魂的最好的朋友"，陈超在信中称呼伊蕾为"老孙"。这个称呼是信任，是欢乐，还带着几分幽默和顽皮。这就是陈超的性格。

2015 年 4 月 9 日，伊蕾从北京远郊给我快递了 1987 年到 1991 年间她和陈超通信的复印件。伊蕾在一张纸上详细地注明了每封信的写作时间——为了强调，每封信的背面也注明了时间。1989 年 5 月，伊蕾依托"七月诗社"在天津创办《诗人报》并担任主编（扈其震任常务副主编，执行副主编是深耕、萧沉、吴翔，编委有石冰、张晏、清云等人），1991 年 11 月即停刊，前后共出刊 16 期。谢冕称之为"暗夜里的一颗星"。陈超不仅在《诗人报》上发表了自己的一些诗论文章，而且当时还受伊蕾的委托负责组了韩东、于坚、张枣、严力、欧阳江河、王寅、孟浪、唐亚平、杨小滨、伊沙、岛子等人的一些重要稿子。2017 年 6 月《诗人报》复刊（总第 17 期），伊蕾任名誉主编。副主编段光安说编辑部希望在复刊号上做一个陈超的专辑，由我来提交些资料。最终呈现出来的是发了陈超的诗《风车》《我看见转世的桃花五种》《博物馆或火焰》《牡丹亭》《沉哀》，唐晓渡的追忆文章《忆念和追思》以及我整理的《陈超年表 1958—2014》。

2018 年 7 月 13 日下午 4 点许，在冰岛旅游的诗人伊蕾突发心脏病去世，8 月 1

日遗体告别仪式在天津第一殡仪馆举行。

伊蕾（1951—2018），本名孙桂贞，生于天津，长于河北，著有诗集《爱的火焰》《爱的方式》《独身女人的卧室》《女性年龄》《叛逆的手》《伊蕾爱情诗》《伊蕾诗选》等。之所以用“伊蕾”的笔名是求永葆女性天真。

在河北这个有些封闭保守、中规中矩的地方，伊蕾的出现确实是“异数”。

回到1980年代的文化语境，伊蕾《独身女人的卧室》发表在《人民文学》1987年1—2期合刊号，同期还发表了王蒙、莫言、马原、刘索拉、孙甘露、北村、杨争光、廖亦武等人的小说、诗歌以及叶君健和高行健的《现代派·走向世界》。时任《人民文学》主编的刘心武撰写了编者按《更自由地扇动文学的翅膀》（署名编辑部），“我们的国家在‘双轮马车’上疾驰。一个轮子叫改革。一个轮子叫开放。新时期的文学从这‘双轮马车’上起飞，已经锻炼出了一双矫健的翅膀。时代的车轮迈进了一九八七年。我们的文学应当更自由更活泼地扇动双翅，朝向闪动着璀璨霞光的新的地平线。本刊将竭诚地为文学翅膀更为自由地扇动贡献力量！新年伊始，我们推出了这样一册一、二月合刊号。文学也要改革。这不仅意味着有一部分作家将保持着他们对中国大地上所进行的，不仅关系着全民族命运，甚至也关系着全人类命运的伟大改革的关注与热情，将向人数最庞大的读者群提供从他们心中流出的切近现实、感时抚事的佳作，也意味着文学的多元化趋势必将进一步发展，并得到社会的进一步容纳，包括那些远离政治和经济，远离社会和大多数读者，可以大体上被称为追求唯美，或被称为‘前锋文学’的‘小圈子’里的精心或漫不经心的结撰。”

伊蕾的《独身女人的卧室》由十四首诗（《镜子的魔术》《土耳其浴室》《窗帘的秘密》《自画像》《小小聚会》《一封请柬》《星期日独唱》《哲学讨论》《暴雨之夜》《象征之梦》《生日蜡烛》《女士香烟》《想》《绝望的希望》）组成，而每一首诗结尾反复出现石破惊天的“你不来与我同居”。这成为这一时期最经典化的“女性自画像”的“自白”和呼唤。在现实生活中伊蕾也是大胆、独立、自由女性的代表，比如1987年的全国青创会期间发生的一幕，当时陈超也在现场，“我的恋人、相好、所谓第三者，女诗人伊蕾孙桂贞，是河北作协的与会代表。她是代表团副团长，铁凝是团长。对我而言，是这样一个有趣味的领导班子。当时正在提出‘反对资产阶级自由化’，孙桂贞大会发言，大声呼喊：我的爱人张石山也来到了会上，我们没有自由。我的切身感受告诉我，不是什么资产阶级自由化，而是封建专制文化在压迫我们！为此，作协党组书记唐达成专门找我谈话。老唐谈话的主旨是：你们俩人好，隐秘一点儿不好吗？我说：不好。我们俩人好，不丢人！同样为此，陕西作家贾平凹在下面公然大加赞赏道：张石山，孙桂贞，那是两条汉子！孙桂贞，亦即诗人伊蕾，我曾经给她写过专章评论。评论的标题是《她是一个好女人》。我认为，这对于一个女人和女诗人来说，几乎是至高无上的评价。她的知心女伴们，曾经义形于色逼问过我：张石山，你能为我们的伊蕾小姐赴汤蹈火吗？我当即回答：你们以为我现在正在干什么？我正在哪儿？我不是正在烈火烤炙中吗？我不是正在滚汤沸水中吗？”（张石山《求学京城》之三）

伊蕾的《独身女人的卧室》对于当时的普通读者和专业读者的冲击无异于强烈地震。这首在极其私密的女性个人生活空间（比如门、窗帘、镜子、卧室、浴室、身体）展开的诗确实“惊世骇俗”：“这小屋裸体的素描太多／一个男同胞偶然推门／高叫‘土耳其浴室’／他不知道在夏天我紧锁房门／我是这浴室名副其实的顾客／顾影自怜——／四肢很长，身材窈窕／臀部紧凑，肩膀斜削／碗状的乳房轻轻颤动／每一块肌肉都充满激情／我是我自己的模特／我创造了艺术，艺术创造了我／床上堆满了画册／袜子和短裤在桌子上／玻璃瓶里迎春花枯萎了／地上乱开着暗淡的金黄／软垫和靠背四面都是／每个角落都可以安然入睡／你不来与我同居。”确切地说，伊蕾在《独身女人的卧室》中卸下了以往固守的枷锁和面具，大胆抒写的孤独和分裂不只是个人的经验和想象，更是代表了这一时期女性整体的精神世界自画像和激烈、紧张的内心自白。

就诗的内部而论，当时陈超对伊蕾1980年代中后期以《独身女人的卧室》为代表的诗歌解读以及历史定位（尤其是在主体意识和体验角度方面与朦胧诗的差别）是非常精准的，也即陈超是在文本细读和历史语境的双重维度来进入的：“这首诗真正的价值还不在这里，而是它尝试了一种新的体验角度。在朦胧诗人那里，自我和意识是一回事，是一种主观性。诗人将自我作为主体去感受一切。在这首诗中，自我和意识是两回事，‘我’是我观照的准客体。如果说朦胧诗中的物带有人的特点，那么这首诗中的人则带有物的特点。诗人从‘我’中分离出来一个我，静静地审视着那个在‘独身女人的卧室’中的‘我’。‘卧室’不是什么物理场所，而是诗人的‘内在生命史’。”（《自看自：一种新的体验角度的尝试——伊蕾〈独身女人的卧室〉鉴赏》）“在伊蕾的诗中，生命、爱情的虚无，和生命、爱情的神圣，是对抗共生地整一性到来的。在这里，后一项不是核心的、正极的、本源的，前一项也不是。作为她诗歌经验之圈本质东西，是这两者互为表里、互为因果的整一存在，犹如火焰和灰烬不能分离。”（《伊蕾——精神肖像和潜对话之四》）陈超对伊蕾诗歌技艺和情感经验的抒写方式的评论在准确指向其核心内质的同时，也在更大的空间对女性写作的精神谱系进行了梳理与辨析：“她的诗从形式上给人以某种古老的感觉，她不故意制造语言的迷幔，不太信任稍纵即逝的梦境漂流，而是清醒地审视、严格地安排每一个文辞和结构。在这些诗里，诗人毫不掩饰她对完美严饬的古典艺术的虔敬，正因如此，她的诗在浪漫主义的滥情和一些现代主义的艰涩之外，表现出一种扎实稳健的古典精神。在她那里，诗人不仅要有超拔的想象力和硬实的情感因素，更重要的是，如何控制想象力和情感，在有意识的艰苦磨砺中达到诗歌的完整、干净和纯粹。”（《伊蕾的经验之圈》）1988年12月漓江出版社出版伊蕾的诗集《独身女人的卧室》。在1987年8月1日陈超给伊蕾的信（写在河北师范大学的稿纸上）中涉及为这本诗集写序的事情：“诗稿再三读过，使我对你的诗有了第一次真正的理解。我为它写了三稿序言，最终还是弃置了。‘知识型’的序根本无法进入它们；‘体验型’的序才可能抵近它的最高限值。那是一个酷热难当的夜，我在冥冥中感到了你。我在痛苦的灯光下，让一行行血滴在白纸上渐渐显形。”正是源自陈超的理解和鼓励，伊蕾在诗集《独身女人的卧室》的后记《确认自己，实现自己》中予以精神上的呼应：“我是理想主义者，我属于未来，我的诗是基于未来观，对传统文明进行叛逆式的冲击。”

作为具有“第一次”“异端”性质的掀开女性私密窗帘的诗歌，在引起社会轰动的同时必然遭致激烈的批评与指责，尤其是在当时的社会文化情势下。《独身女人的卧室》发表以及诗集出版后招致了诸多争议和批判（当然也得到了肯定，如梁小斌的《致伊蕾》：“您通过诗，告诉所有傻小子，一个真实的女人的形体和伴随这个形体的心理活动是什么样”），比如《诗刊》《文艺报》《诗神》上的尖锐的批判文章：“主题荒唐、格调低下、赤裸裸地宣扬‘独身女人’性渴望、性疯狂的色情的‘诗’。”（《文学的歧路》，1990 年 3 月 31 日《文艺报》）。这一批判过程甚至延续到了 1991 年，“我一直注视着《文艺报》有关《卧室》的进展情况。但我相信，你不会太忧郁，可能有些愤怒。我认为，这是我们青年一代先驱者必然的命运。是我们从写作那一刻起，早就准备好了的。如果我们不去蒙弹，那么还能够在今天活得充实、尖锐吗？我们的孩子还会尊敬我们和这个时代吗？”（1990.9.2）陈超的这句话今天看来具有穿越时代的精神膂力，即使在今天和未来来看，这段话对于真正的写作者来说仍然振聋发聩而直抵内心。关于《独身女人的卧室》的争议还是对伊蕾产生了影响，获得河北的文学奖对伊蕾来说应该是十拿九稳的事，但也因这事的争议而被取消获奖资格。巨大的争议、批评甚至攻讦对当时写作正处于高峰期的伊蕾来说是不小的打击，受此影响很长一段时间伊蕾对写作和生活充满了旁人难以想象的焦虑。一个雨夜，伊蕾写下如下不无沉重的自白，这是一代女性的不幸命运：“我想，我也许一生都在这种绝望的境遇中。你永远得不到你认为应该得到的。这是我们一代人的不幸。而诗就是反抗绝境。诗人为此付出的任何代价都是有价值的。”

这一时期，陈超和伊蕾之间的通信不仅探讨了诗歌的秘密，而且作为好友之间的谈心对伊蕾的内心和写作都起到了双重的缓冲和安慰：“你不必为浮世的误解而痛苦，在任何时代，真正的生命是注定要受磨难的。而离开折磨它的轨道，它就只能在冥冥中飘散，这种没有折磨的折磨不是更可怕吗？你无家可归，在人类的悲剧中陷得越深，你便赢得越多。相信世界是无望的，偶然的、瞬间的快乐是唯一可以相信的东西。你相信它，就要同时相信它注定要流逝。”（1987 年 8 月 1 日陈超给伊蕾的信）“我最好的朋友，要挺住。要骄傲。”（1990 年 9 月 2 日陈超给伊蕾的信）

1991 年，伊蕾离开诗坛，远赴寒冷的俄罗斯。二十年后，2010 年 1 月伊蕾的《伊蕾诗选》由百花文艺出版社出版，其中的序出自伊蕾最信赖的朋友陈超。

陈超：

你好！

这两天我想接着写那首诗《妈妈》，因为我觉得最想说的话还没有说出来，但终未成篇。我不知什么时候还能再写出好诗？且把这本诗集当作《天鹅之死》吧。想到有你的精彩的序言，我深深地感到安慰。若能有你具体的修改意见或建议，点石成金，那就更好了。

我的生活好像已经完成，从今天起是重复吗？还是另有新意？不可逆转的时间是残忍的，一年好像一天那么短，我很想拯救自己。

你作为教授，我唯一提醒你的是不要超负荷！！

问你家人好！

伊蕾

2009.3.24. 北京

这篇序的写作时间是2009年4月5日夜："在2009年今夜，这个春风沉醉的晚上，'嘘——'轻轻叩门，依然充满热情，充满活力，依然充满魅力，充满神奇。这里似乎有一代诗歌青春所吟述的关于爱的梦想，一代青春关于独自生活的愿望，一代人对生命体验之诗的趣味，甚至一代人对主流文化/文学的奋勇抗辩……"

3

整个20世纪80年代，那些具有探索和异质性的女性诗人的命运和伊蕾大同小异，比如翟永明。无论是当时她写作《女人》《静安庄》《人生在世》引发的争议以及吊诡的社会文化环境都代表了那一时期女性精神史的尴尬程度与谋求新变的艰难过程："有整整三年时间我长期待在一间肮脏的病房里。常常在深夜10点之后，我忍受着寒风坐在病房外的长椅上写作，因为病房10点后关灯。黑暗的路灯滋养了我的晦暗心理，病房内外弥漫着死的气息和药物的气味，也滋养了我体内的死亡意识。"（《面向心灵的写作》）所以翟永明这一阶段的诗歌出现的是"死亡""黑暗""鲜血""骨头""亡魂""创口"的反复叠加，她也才会在1986年参加青春诗会发出"我希望自己首先是诗人，其次才是女诗人"的吁求。这在精神隐喻的层面再次呼应了当年"阁楼上的疯女人"的女性写作形象。

1993年1月8日，远在比利时的王家新接到沈睿从国内转来的陈超的信后激动莫名，"你的信，让我感动无言，有这么好的朋友，这是我承受孤独的保证！"而早在1993年2月25日，沈睿在给陈超的信中就表达了对其诗歌创作和评论的双重重视："我喜欢你评论文章的话语方式——个人化和独特的语汇，这是才华所致。没有自己语汇和语调的人没有特征，因此，你的文章具有显著特征。我希望看到你的诗——

我极关注你的创作与批评。只有行家才能鉴赏行家的手艺，所以，纯粹的诗歌评论反而会导向相反的方向，诗与评论互补——这毫无疑问。”陈超是这样看待自己的诗歌写作和批评的特殊关系的："在我的诗学研究中，我时常用诗歌写作来省察我的理论文字。我发现它们常常是两极运动的，诗歌和诗学一样，往往从反思对方开始。诗歌的固执是诗歌的必要，诗学的固执也同样是诗学的必要。一首优秀的诗歌，将有可能成为新诗学的感性表达；而一个有真值的诗学表述，则有可能成为新诗歌诞生的契机。我不放弃诗歌写作的动机之一，也因我将之视为对新诗学发展的一项语言实验或至少是一项必需的训练。而不是像我的朋友们说：是诗学研究兴味索然之后的心理补偿。”（《诗学与诗歌》）就“当下”和“先锋诗”而言，更多的诗人和批评家很容易陷入“执于一端”的偏执和狭隘的泥淖之中，而陈超则是清醒和自我反思与校正的，尤其是对于曾一度千变万化乱花迷眼的先锋诗，“随时肯定又盘诘，亲和又拆解的立场”以及对应、对称和对抗的关系就显得格外重要。20 世纪 80 年代文学“方法论热”的潮流也强烈地席卷着陈超，在这一时期陈超阅读了当时大量的西方现代文论，尤其是 20 世纪的欧美文论。那一时期的知识分子处于阅读饥渴症当中："你需要什么书吗？寄去《叙事话语与非叙事话语》，不知你是否有这书，这书属‘20 世纪欧美文论丛书’！我想很有意思，你若需要我去为你买。这套书的另外几本有：《结构主义诗学》（美乔纳森·卡勒）《美学或艺术和语言哲学》（意　贝内代托·克罗齐）《诗学的基本概念》（瑞士　埃米尔·施塔格尔），你若要，来信给我。”（沈睿给陈超的信）

崔卫平对陈超《生命诗学论稿》这本书同样是由衷地肯定："读到你新出版的集子，拿在手上沉甸甸的，很结实的一本书。有的人的文章不能放在一起读，而你的文章放在一起读感觉更好。（想起不知是北岛还是顾城的一句诗，“思想像板斧，沉甸甸的”），很替你高兴。”（1995 年 5 月 12 日崔卫平给陈超的信）同样是关于《生命诗学论稿》，远在西昌大山中的周亚琴（诗人周伦佑的妻子）第一时间读到的时候十分激动，立即给陈超回信（1995 年 5 月 21 日）："收到您寄赠伦佑的《生命诗学论稿》一书，很遗憾他又不在家，暂时不能给您复信，实在抱歉。您的书很多章节我浏览了一遍，以我的水准无法谈出有见解的有价值的意见，但您的书不像有的诗评家那种学院派式的晦涩拗口，文体‘吓人’。您的即便是纯理论的表述我也基本读得进去，它们有深度但又透明，不绕过多的概念。尽管您是正宗的学院派出身。当然我读得最认真的是‘印象或潜对话’一章，而对写伦佑那章反复读了两三遍。我有一种极强烈的好奇心，想知道别人描述的周伦佑与我熟知的有多大程度的相符。所以见到写周伦佑的文章我都会读，但大多数都令人失望。它们要么是一鳞半爪地触及他的某个方面，要么也许是缺乏勇气，不敢揭示出他人格和理论及诗歌的本质，只是含糊其辞地暗示。您对他的刻写却令我非常惊讶，您写得多么好，多么独到。短短的篇幅中您却从诗歌文本到理论，从批评原则到人格都做了整体的把握，精湛而深邃的描述。我以为在您写这几位诗人的所有篇章中，周伦佑是写得最丰满最传神最有趣的。我的感觉不仅是诗评家在解读诗人，还是一位朋友在谈及神交已久另其心仪的好朋友。当然您并不是庸俗的吹捧，而是呈现出他的全部，他的炫耀和雄辩，他的自悖，他的勇气，他的反复无常……您有一个见解我以为是最独特的，您认为从他早期的诗《带猫头鹰的男人》《狼谷》《自由方块》《头像》等至晚近的《刀锋二十首》都可见揭示生存的递进性质。在您以前从没任何人这样看过，所有人都认为他的诗在 1989 年以后有一个深刻的变化，从关注艺术的变构回归到人文的关怀，对人类基本价值的重新肯定。我也是这样看的。仔细想想也许您的才是真知灼见，揭示的才是最深刻的。您不经意中说周伦佑和朦胧诗人属一代人这句话在我心中引起强烈的共鸣。”

李南，与陈超交往也已经有三十多年。李南曾见过陈老师喝得烂醉如泥的时候。年轻时陈超酒量确实惊人。程光炜有一次对我提起当年他们的诗歌往事，说陈超喝白酒都是用大海碗，“整个 80 年代给我的记忆与诗歌有关的还有全国地下诗人到处跨省‘串联’，瞎喝劣酒，疯子一样聊诗。你的诗写得大家服气，你可以到处混吃混喝，这点是有中国特色的先锋主义。哈哈，一批人的肝儿和肾就是那会儿喝‘坛’的。”（陈超《回望 80 年代：诗歌精神的来路和去向》）李南对 80 年代河北诗人的饮酒史也做过约略的记述：“大解比我大几岁，但我既没有叫过他老师，也没有叫过他诗兄，总是没大没小地直呼其名。那是一个诗歌繁盛的年代。我们同住在霞光街十号，对门。早晨一起吃饭，我煮好了方便面，盛上，再叫他。时常有外地诗友跑到石家庄找我们喝酒，大解、杨松霖、陈德胜、李津生，间或也有边国政、陈超、周力军，往往是一场酒喝到东倒西歪才散场，那时大部分人还青春年少，酒后难免哭哭笑笑、发发疯，记得王建旗、赵云江二兄在喝高后，就可爱地耍过酒疯。虽然酒桌上大解豪气冲天，时不时叫板对方‘服不服？’，却从没见他耍过酒疯，可见他的海量和涵养。”（《吾师吾友吾兄》）看看 1990 年陈超写的诗《醉酒》就能略知一二了，但是陈超喝酒是比较有节制的，喝醉的时候不多。

像老朋友韩东说的那样
在所有的愿望中我有个喝醉的愿望
万事如麻我一再延误
今番它袭来得出人意想

眩晕中我听到神经列队轮唱
朋友们的安慰却仿佛听不到声响
在我与“他们”之间被什么分开
七张嘴在动——有如隔着厚玻璃窗

快乐啊，我脸贴着春天的泥浆
博物馆、民警、女工在倒影里奔忙
连命运对我也莫可奈何
它知趣地待在中山东路一旁

我看到另一个“我”跨入密室
把台灯打开写下简单憨实的诗行：
唯一的愿望是喝醉一次的愿望
是卡通片中戴宽边帽的侠客的愿望

2000年秋天，在陈超给我们上完课后，我谈到读到他《红黄绿黑花条围巾》的感受。我说非常喜欢这首诗，温暖忧伤的回忆和青春岁月的响亮回响交织在一起。陈超嘿嘿地笑着说：“俊明，好多人都说喜欢这首诗，我自己也很喜欢。”

这首诗写于1994年的1月2日：

今晚大雪飘摇 / 眩晕使我暂时退出朋友们的酒局 / 大街上出租车放慢了速度 / 汽车前灯照出束束 / 不胜酒力的雪花 / 和在酒光四射中摇晃的裕华路 / 一个穿军大衣的少妇 / 怀抱一摞书籍走上便道 / 她的头微微仰向天空 / 承接着脸上融雪的快乐 / 红黄绿黑花条围巾裹着她的脸 / 在路灯和雪阵的映射下 / 闪出清洁白皙的柔光 // 大地像一张旋转的 / 密纹的胶木老唱片 / 以微微抖颤而失真的音质 / 唤回我自律与单纯的青春岁月 / 八十年代老式的花条围巾 / 一种老派的围法 / 一张成熟美丽的脸 / 让醉酒中的我踏实，又猛地一震 / 感到我的生活和心 / 好好的没变

又是冬天，又是大雪纷飞，诗人喝了一些酒，周遭变得模糊起来，而一些细节和记忆却被再次擦亮。在眩晕中，汽车外的现实和灯光摇晃中的往昔一起奔涌过来。这是对八十年代的追忆，也是对真实内心隐忧的自我激励。一条老式的围巾在冬夜是温暖的，但是那一次次令内心惊悸的时刻也并未远去。

一个时代结束了，一些人和诗永远留在了那里。

图书在版编目（CIP）数据

汉诗. 父亲扛着梯子从集市上穿过 / 张执浩主编.
-- 武汉:长江文艺出版社，2018.11
ISBN 978-7-5702-0683-4

Ⅰ. ①汉… Ⅱ. ①张… Ⅲ. ①诗集－中国－当代
Ⅳ. ①I227

中国版本图书馆CIP数据核字（2018）第252262号

责任编辑：沉　河　　谈　骁　　　　责任校对：陈　琪
封面设计：祁泽娟　　　　　　　　　责任印制：邱　莉　　王光兴

出版：长江出版传媒　长江文艺出版社
地址：武汉市雄楚大街268号　　　邮编：430070
发行：长江文艺出版社
电话：027—87679360
http://www.cjlap.com
印刷：武汉新鸿业印务有限公司

开本：720毫米×1020毫米　　1/16　　印张：18.25
版次：2018年11月第1版　　　　2018年11月第1次印刷
行数：8200行

定价：36.00元